Gabriel Josipovici · Jetzt

GABRIEL JOSIPOVICI

Jetzt

AUS DEM ENGLISCHEN
VON
GERD HAFFMANS

HAFFMANS VERLAG

Die englische Originalausgabe
»Now«
erschien 1998 in der
Carcanet Press Ltd. in Manchester

Das William-Blake-Zitat
folgt der deutschen Übersetzung
von Thomas Eichhorn,
erschienen im Deutschen Taschenbuch Verlag,
München 1996

Das Märchen *Vom Fischer und seiner Frau*
ist teils aus dem plattdeutschen Originaltext, teils aus der
englischen Vorlage übersetzt

Umschlagbild von Wolfgang Herrndorf
Lektorat von Katja Scholtz

Deutsche Erstausgabe

Satz: Fotosatz Michel, Gießen
Herstellung: Ebner Ulm
ISBN 3 251 00464 6

"So instead of getting to Heaven, at last –
I'm going, all along."

Emily Dickinson

– Ich bin müde, sagt Licia.

– In deinem Alter ist man nicht müde, sagt Sam.

– Ich bin müde.

– In meinem Alter hat man das Recht, müde zu sein, sagt Sam. Nicht in deinem Alter.

– Was hat Recht damit zu tun?

– Es ist nicht normal.

– Laß sie doch, Dad, sagt Freddy.

– In ihrem Alter ist man nicht müde, sagt Sam. Bist du müde?

– Und wie.

– Immer?

– Meistens.

– Weil du zuviel arbeitest.

– Tu ich gar nicht, sagt Freddy.

– Aber was tut sie? sagt Sam. Ich sag dir, was sie tut. Gar nichts tut sie. Deswegen ist sie müde. Deswegen meint sie, sie ist müde. Wenn sie einen Job hätte wie jeder andere auch, hätte sie gar keine Zeit, sich müde zu fühlen.

– Laß doch, Dad, sagt Freddy.

– Der Goldregen blüht, sagt Nina.

– Wenn man etwas zu tun hat, hat man gar keine Zeit, sich müde zu fühlen, sagt Sam.

– Ich kann's von meinem Fenster aus sehen, sagt Nina. Plötzlich steht alles in Blüte.

– Wenn sie ihren Job nicht geschmissen hätte, würde sie sich nicht so müde fühlen, sagt Sam.

– Laß doch, Dad, sagt Freddy.

– Von hier kann man's nicht sehen, sagt Nina. Aber von meinem Fenster aus.

– Der Blick aus deinem Fenster ist herrlich, sagt Julie.

– Ich kann ihn ganz genau sehen, sagt Nina. Wenn ich nur ein bißchen längere Arme hätte, könnte ich mich hinauslehnen und ihn anfassen.

– Wenn du wenigstens mit den andern aufstehen würdest, dann würdest du dich auch nicht so müde fühlen, sagt Sam zu seiner Tochter.

– Ich bin zu müde, um mit den andern aufzustehen, sagt Licia.

– Sag ich doch, sagt Sam. Wenn du mit den andern aufstehen würdest, würdest du dich nicht so müde fühlen.

– Laß doch, Dad, sagt Freddy. Laß doch.

– Sie sagt, sie ist müde, sagt Sam. Und ich sag ihr, was sie dagegen tun kann. Ist das etwa nicht erlaubt?

– Die Kastanien blühen auch bald, sagt Nina. Erst die weißen, dann die roten.

– Ist das etwa nicht erlaubt? sagt Sam zu seiner Frau.

– Aber ja doch, sagt Ella.

– Mehr sag ich doch nicht, sagt Sam. Glaubst du etwa, ich liebe meine Tochter nicht? sagt er zu seinem Sohn.

– Dad, bitte.

– Das glaubst du also?

– Dad, bitte, laß jetzt gut sein.

– Erst die weißen, sagt Nina, dann die roten.

– Kann man sie von deinem Fenster aus sehen? fragt Julie sie.

– Was denn, Liebes?

– Die Kastanien.

– O ja, sagt Nina.

– Das ist schön, sagt Julie.

– Im Winter kann ich natürlich viel weiter sehen, sagt Nina. Wenn die Bäume kein Laub mehr haben.

– Wie weit kannst du dann sehen?

– Bis rauf zum Stadtpark.

– Aber dann hast du doch gar nicht das Fenster offen.

– Nur nachts, sagt Nina. Nachts mach ich immer das Fenster auf. Wenn ich ins Bett geh. Und stell die Heizung ab. So mach ich das doch immer, oder? sagt sie zu ihrer Tochter.

– Ja, Mutter, sagt Ella.

– Früher gab's natürlich gar keine Heizungen, sagt Nina. Also mußte man auch keine abstellen.

Freddy sieht auf seine Uhr.

– Manche hatten eine Klimaanlage, sagt Nina. Aber wir nicht. Wär uns nicht im Traum eingefallen.

Freddy sucht den Blick seiner Frau. Okay? sagt er stumm.

Sie nickt.

– Es ging, solange man nicht in die Hitze raus mußte, sagt Nina. Solange man tagsüber alles geschlossen halten konnte. Damit's drinnen kühl blieb. Damit die Hitze nicht reinkam.

Freddy und Julie stehen auf.

– Ihr braucht noch nicht zu gehen, sagt Ella zu ihrem Sohn.

– Heutzutage, sagt Nina, muß man immer dran denken, sie abzustellen. Also im Winter, wenn sie an ist.

– Sag ihm, er soll noch etwas bleiben, sagt Ella zu ihrem Mann.

– Vielleicht hat er noch was zu tun, sagt Sam.

– Was denn?

– Weiß ich doch nicht.

– Hast du noch was zu tun? fragt Ella ihren Sohn.

– Deswegen schlaf ich nicht gern in Hotels, sagt Nina. Man kann nachts nie die Heizung abstellen.

Freddy gibt seiner Mutter einen Kuß.

– Geht ihr schon? sagt sie.

– Manchmal, sagt Nina, findet man das Dings nicht mal. Wie heißt es schon wieder?

Freddy zwinkert seiner Schwester zu.

– Wie heißt es schon wieder? sagt Nina.

– Wie heißt was?

– Das Ding, das die Hitze macht.

– Feuer?

– Nein nein.

– Ofen?

– Nein nein. Du weißt schon ... Für die Zentral ... die Zentralheizung.

– Meinst du den Boiler?

– Ja, genau. Nein. Nicht den Boiler. Nein.

– Den Heizkörper?

– Genau. Den Heizkörper.

Freddy legt seinem Vater die Hand auf den Arm. – Ich ruf dich an, sagt er zu seiner Mutter.

– Ruf dich an, ruf dich an? sagt Nina. Wieso kann heute niemand mehr ordentlich sprechen? Warum schwätzt jeder daher wie ein Amerikaner? Zu meiner Zeit war ein Ruf ein Schrei. Heute bedeutet das telefonieren. Das müßte verboten werden.

– Und wieso? sagt Licia.

– Wieso was?

– Wieso müßte das verboten werden?

– Weil sie es sagt, sagt ihr Vater. Reicht das nicht?

– Sie entscheidet also?

– In meinem Haus entscheidet sie, ja, sagt Sam. Ist doch so? fragt er seine Frau.

– Ja, mein Lieber, sagt Ella.

* * *

Julie schnallt sich mit einer Hand an, mit der anderen lenkt sie den Wagen auf die Straße.

– Sie ist nicht senil, sagt Freddy. Du mußt ihr nicht nach dem Mund reden.

– Ich weiß, daß sie nicht senil ist, sagt Julie.

– Dann mußt du ihr auch nicht nach dem Mund reden.

– Wer redet ihr nach dem Mund? sagt Julie, wobei sie über die Schulter zur Kreuzung schaut.

– Du.

– Ich?

– Na komm schon! sagt Freddy.

– Na komm schon was?

– Ich hab's gehört, sagt Freddy.

– Was gehört?

– Wie du ihr nach dem Mund geredet hast.

– Du hast gehört, wie ich ihr nach dem Mund geredet hab?

– Du willst doch wohl nicht das Gegenteil behaupten?

– Doch, will ich. Wir haben uns völlig normal unterhalten.

– Das nennst du völlig normal unterhalten?

– Ist links frei?

– Ja.

– Das nennst du völlig normal unterhalten? wiederholt Freddy.

– Willst du mir vorschreiben, wie ich mich zu verhalten habe? sagt Julie.

– Natürlich nicht. Du bist doch die Beraterin.

– Was hat das damit zu tun?

– Das bedeutet, daß du die Verhaltens-Expertin bist.

– Das bedeutet das also deiner Meinung nach?

– Was denn sonst?

– Es bedeutet überhaupt nichts, sagt Julie und kurbelt das Schiebedach auf. Das ist eben mein Job, weiter nichts.

– Okay, sagt Freddy. Dann bedeutet es eben nichts. Aber du brauchst ihr trotzdem nicht nach dem Mund zu reden.

– Ich hab ihr nicht nach dem Mund geredet.

– Ich hab's gehört.

– Willst du mir vorschreiben, wie ich mich zu verhalten habe?

– Es ist peinlich, sagt Freddy.

– Peinlich? Für wen?

– Sie braucht niemanden, der ihr die Fragen in den Mund legt. Sie kann sich ganz gut allein unterhalten.

– Jetzt bist du der, der sie für senil erklärt.

– Ach ja?

– Etwa nicht?

– Überhaupt nicht. Ich stelle nur eine Tatsache fest. Sie unterhält sich gerne, aber sie braucht niemanden, der ihr die Fragen in den Mund legt.

– Es ist nicht zu fassen, sagt Julie.

– Was ist nicht zu fassen?

– Was du eben gesagt hast.

– Es ist nicht zu fassen? Was ich eben gesagt habe, ist nicht zu fassen? Und wieso nicht, wenn ich fragen darf?

– Es ist einfach nicht zu fassen. Du müßtest dich mal hören.

– Du müßtest *dich* mal hören. In welchem Ton du mit ihr sprichst.

– In welchem Ton?

– Das weißt du ganz genau.

Julie hält am Straßenrand gegenüber der U-Bahn-Station. – Wann bist du zu Hause? fragt sie.

– Du merkst also nicht, in welchem Ton du mit ihr sprichst? fragt er.

– Hier kann ich nicht halten, sagt Julie. Wann bist du zu Hause?

– Wenn ich fertig bin.

– Soll ich das den Kindern sagen?

– Willst du sie etwa anlügen?

– Ich dachte nur, du hast vielleicht vergessen, daß du heute abend Joe was vorlesen wolltest.

– Hab ich das jemals vergessen?

– Es gibt immer ein erstes Mal.

– Erzählst du das auch deinen Patienten?

– Klienten.

– Erzählst du das auch deinen Klienten?

– Ich kann hier nicht stehenbleiben, sagt sie. Steigst du aus oder nicht?

Er öffnet die Wagentür. – Ich vergeß es nicht, sagt er. Ich freu mich drauf.

– Freu dich nicht zu früh, sagt sie.

– Was soll das heißen?

– Los jetzt, sagt sie. Raus mit dir.

Er schlägt die Tür zu und beobachtet sie, wie sie sich in den Verkehr einfädelt.

– Ich freu mich drauf! ruft er ihr nach.

– Robin hat angerufen, sagt Ella zu ihrer Tochter.
– Ach ja? sagt Licia.
– Ich hab ihm gesagt, du rufst zurück.
– Ich hab dich gebeten, das nicht zu sagen.
– Was hätt ich sonst sagen sollen?
– Nichts.
– Irgend etwas mußte ich sagen.
– Sag doch, daß du es mir ausrichtest.
– Er wollte aber mit dir sprechen.
– Er will immer mit mir sprechen.
– Du warst nicht da.
– Stimmt, sagt Licia.
– Warst du spazieren?
– Mmh.
– Möchtest du einen Tee?
– Nein danke.
– Hast du schon welchen getrunken?
– Nein.
– Warum willst du dann keinen?
– Ich mag jetzt nicht.
– Ist dir nicht kalt?

– Nein.

– Ein kleiner Anruf, sagt Ella. Das ist doch nicht zuviel verlangt.

– Ich will nicht mit ihm sprechen.

– Warum denn nicht?

– Ich mag ihn nicht.

– Du magst ihn nicht?

– Hab ich dir doch gesagt. Ich mag ihn nicht.

– Was stört dich denn an ihm?

– Nichts.

– Warum willst du dann nicht mit ihm sprechen?

– Weil ich ihn nicht mag.

– Wieso?

– Wieso was?

– Wieso magst du ihn nicht?

– Ich mag ihn einfach nicht.

– Ich mag ihn, sagt Ella.

– Dann sprich du doch mit ihm.

– Ich hab ja mit ihm gesprochen.

– Dann sprich nochmal mit ihm. Ruf ihn an und sprich mit ihm.

– Er will aber nicht mit mir sprechen, sagt Ella. Sondern mit dir.

– Aber ich will nicht mit ihm sprechen.

– Wieso nicht?

– Ich mag ihn nicht.

– Was magst du an ihm denn nicht?

– Alles.

– Alles?

– Ich mag nicht, daß er die ganze Zeit anruft.

– Das würde er ja auch nicht, wenn du ihn zurückrufen würdest.

– Ich will nicht mit ihm sprechen. Ich mag ihn nicht. Er geht mir auf die Nerven.

– Früher hast du ihn gemocht, sagt Ella.

– Nie.

– Doch. Hast du. Warum warst du sonst mit ihm zusammen?

– Mum, sagt Licia, ich hab ihn *ertragen.* Jetzt ertrag ich ihn nicht mehr. Das ist alles.

– Willst du ganz bestimmt keinen Tee?

– Nein.

– Ich mach mir grad welchen.

– Nur zu.

– Was soll ich sagen, wenn er wieder anruft?

– Sag einfach, du richtest es mir aus.

– Aber es gibt nichts auszurichten. Er will einfach mit dir sprechen.

– Worüber?

– Hat er nicht gesagt.

– Es gibt nämlich nichts, was wir zu besprechen hätten, sagt Licia.

– Er will einfach mit dir sprechen.

– Sag ihm einfach, du richtest es mir aus.

– Aber dann ruft er wieder an.

– Dann sag, daß du's ausgerichtet hast.

– Das kann ich nicht. Das ist unhöflich.

– Es ist unhöflich, dauernd hier anzurufen.

– Er will einfach mit dir sprechen, sagt Ella.

– Weiß ich, sagt Licia.

* * *

– Was hab ich denn gesagt? sagt Freddy. Was hab ich gesagt? Sag mir, was ich gesagt hab.

– Was du gesagt hast? sagt Petra. Na komm schon! Komm!

– Nein, sagt Freddy. Sag's mir. Sag mir, was ich gesagt hab.

– Na komm! sagt Petra.

Er steigt aus dem Bett. Er zieht sich an.

– Du hast gesagt, sagt sie, wir hätten den *ganzen* Nachmittag.

– Hatten wir doch auch.

– Den ganzen Nachmittag? sagt Petra. Von vier bis sechs heißt bei dir *der ganze Nachmittag?*

– Was denn sonst? Der ganze Vormittag etwa?

– Ich sag dir, was es heißt, sagt Petra. Zwei Stunden heißt das, zwei Stunden, lächerliche einhundertzwanzig Minuten.

– Einhundertzwanzig Minuten sind eine lange Zeit, sagt Freddy.

– Was soll das jetzt wieder heißen?

– Was das heißen soll? Das soll heißen, daß es eine lange Zeit ist, sagt er und zieht seine Hose an.

– Weißt du, wie sich das anhört? sagt sie.

– Was?

– Das hört sich an, als würde sich jede Minute mit mir wie Kaugummi in die Länge ziehen.

– Das hab ich nicht gesagt.

– Aber gemeint.

– Ich hab gesagt, es war der ganze Nachmittag, sagt er und bindet sich die Krawatte um. Als Antwort auf deine Frage, warum ich schon gehen wollte. Mehr hab ich nicht gesagt.

– Einer von *deinen* Nachmittagen, sagt sie.

– Einer von *meinen* Nachmittagen? Was soll das jetzt wieder heißen? sagt er.

– Du machst im Bett ja nicht mal deine Uhr ab, sagt sie.

– Die Wollust hat mich gepackt, sagt er.

– Und darum hast du die ganze Zeit draufgeschielt?

– Ach hör schon auf, sagt er.

– Glaub nicht, das hätt ich nicht gemerkt.

– Ich muß die Zeit im Auge behalten, sagt er.

– Eben, sagt sie.

– Ich muß zu dieser Vernissage, sagt er.

– Wieso? sagt sie.

– Weil es mein Job ist, sagt er. Darum.

– Du könntest genausogut morgen hingehen, sagt sie. Das wäre immer noch früh genug.

Er steht vor dem Spiegel und kämmt sich.

– Du mußt deinen Artikel eh erst Mittwoch abgeben, sagt sie.

Er steckt den Kamm wieder in die Tasche und streicht sein Jackett glatt.

– Es ist dir einfach egal, oder? sagt sie.

– Hör zu, sagt er und dreht sich zu ihr um, die Arme ausgebreitet. Ich...

– Du könntest anschließend wiederkommen, sagt sie.

– Heute abend muß ich Joe was vorlesen.

– Warum kann Julie das nicht machen?

– Weil ich dran bin.

– Und ich, ich bin wohl nie dran?

Er steckt die Schlüssel in seine Tasche.

– Tut mir leid, sagt sie. Sie steigt aus dem Bett und wirft sich einen Morgenmantel über. – Ich mach Kaffee, sagt sie.

– Danke.

– Tut mir leid, sagt sie und umarmt ihn. Ich bin einfach so gern mit dir zusammen.

– Ich ja auch mit dir, sagt er.

Sie stellt sich auf die Zehenspitzen und gibt ihm einen Kuß.

– Was ist nun mit dem Kaffee? sagt er.

* * *

– Möchtest du einen Tee? sagt Ella zu ihrem Mann. Ich hab gerade welchen gemacht.

– Nein danke.

– Nein?

Er setzt sich an den Küchentisch.

– Simon hat angerufen, sagt sie. Er möchte, daß du ihn nächsten Sonntag abholst.

– Ich ihn abhole? sagt Sam. Von wo?

– Er hat sich den Knöchel verstaucht.

– Er hat was?

– Er hat sich den Knöchel verstaucht.

– Er hat sich den Knöchel verstaucht?

– Hat er jedenfalls gesagt.

– Kann er sich kein Taxi nehmen?

– Das macht er nicht. Du weißt, wie er ist.

– Ich zahl's ihm.

– Das nimmt er nicht an.

– Dann soll er die U-Bahn nehmen.

– Kann er nicht. Er hat sich den Knöchel verstaucht. Es ist alles geschwollen.

– Ich hol ihn nicht ab.

– Zuerst dachte er, er hätte sich das Bein gebrochen.

– Ich hol ihn nicht ab.

– Er hätte sich das Bein brechen können, sagt sie. Oder sogar das Becken.

– Er soll zu Hause bleiben, sagt er. Schön stillhalten.

– Das macht er ja.

– Er muß schön stillhalten, bis die Schwellung weg ist. Schön für ein oder zwei Wochen zu Hause bleiben.

– Aber er möchte so gerne kommen. Er hat noch gesagt, wie wichtig ihm der Sonntag ist.

– Ich hol ihn nicht ab.

– Er kann nicht die ganze Zeit zu Hause bleiben. Der wird verrückt.

– Er ist verrückt.

– Du weißt, es ist nicht gut für ihn.

– Natürlich ist es gut für ihn. Das ist genau, was er braucht. Jede Bewegung muß die Hölle sein.

– Er sagt, es ist gar nicht so schlimm.

– Dann kann er auch zur U-Bahn humpeln.

– Kann er nicht. Er kann ihn nicht belasten. Es

geht, wenn er den Fuß hochlegt, aber er kann ihn nicht belasten.

– Sag ich doch, sagt Sam. Er muß zu Hause bleiben und das Bein hochlegen.

– Er freut sich so auf das Mittagessen am Sonntag, sagt sie. Er hat nicht viel im Leben.

– Dann soll er sich nicht den Knöchel verstauchen.

– Er hat's doch nicht extra gemacht.

– Woher willst du das wissen?

– Warum sollte er sowas extra machen?

– Ich hol ihn nicht ab, sagt Sam. Schluß. Entweder er schafft's von alleine her, oder er bleibt zu Haus.

– Sonntags geht's doch ganz schnell, sagt sie. Da ist doch kein Verkehr.

– Kein Verkehr? Soll das ein Witz sein?

– Willst du wirklich keinen Tee?

– Hast du eine Ahnung, was heutzutage sonntags auf den Straßen los ist?

– Oder einen Keks?

– Nein danke.

– Sonntags geht's doch ganz schnell, sagt sie.

– Ich hab's dir gerade erklärt, sagt er. Heutzutage ist sonntags auf den Straßen noch mehr los als in der Woche. Alle rasen durch die Gegend, mit der Folge, daß man doppelt so lang braucht, um irgendwohin zu kommen.

– Was soll ich ihm jetzt sagen?

– Sag ihm, was ich dir gerad gesagt hab. Entweder er nimmt ein Taxi, oder er bleibt zu Hause.

– Das wird ihm nicht gefallen.

– Und was ist mit mir? sagt er. Meinst du, mir gefällt es, sonntags im Stau zu stehen und das Gequassel von deinem Onkel anzuhören?

– So schlimm ist es doch nicht, sagt sie.

– Es ist noch viel schlimmer, sagt er.

– Er ist alt.

– Ich auch.

– Bist du nicht.

– Ich *fühl* mich alt.

– Er *ist* alt.

– Er hätte sich nicht den Knöchel verstauchen sollen.

– Er hat's doch nicht extra gemacht.

– Woher willst du das wissen?

– Wer macht sowas schon extra?

– Vielleicht wollte er mich ärgern.

– Er will niemanden ärgern. So ist er nicht.

– So ist er nicht?

– Natürlich nicht. Du kennst ihn doch genauso gut wie ich.

– Da bin ich nicht so sicher.

– Simon?

– Vielleicht ist es Schicksal, sagt er.

– Was?

– Vielleicht ist es Schicksal, daß er Sonntag nicht kommt.

– Aber er möchte doch so gern. Es lenkt ihn ab.

– Genau das ist Schicksal, sagt er. Du willst etwas, aber die Götter entscheiden anders. Du willst abgelenkt werden, aber es soll nicht sein.

– Könnte aber, wenn du ihn abholst.

– Ich hol ihn nicht ab. Warum nimmt er nicht die U-Bahn?

– Kann er nicht. Er hat sich den Knöchel verstaucht.

– Vielleicht geht's ihm Sonntag schon wieder besser.

– Und wenn nicht?

– Dann kann er ein Taxi nehmen. Ich zahl's ihm.

– Das nimmt er nicht an.

– Dann soll er's selber bezahlen.

– Das kann er sich nicht leisten.

– Klar kann er das. Er ist einfach geizig.

– Er ist noch nie in seinem Leben Taxi gefahren.

– Sag ich ja. Er ist ein geiziger alter Mann.

– Er ist einfach bescheiden, mehr nicht.

– Von mir aus, sagt er. Aber ich hol ihn nicht ab.

– Ich persönlich, sagt Steve, ich mag ja die früheren Sachen lieber.

– Kate meinte, die konzentrieren sich jetzt auf die Bauhaus-Zeit.

– Klar tun sie das, sagt Steve. Und du weißt auch, warum.

– Warum?

– Weil die Russen nichts von den frühen Sachen rausrücken.

– Was haben denn die Russen damit zu tun?

– Er war schließlich kein Franzose.

– Wie viele Pariser Künstler waren das schon?

– Auch wieder wahr.

– Die kannst du an einer Hand abzählen.

– An zwei Händen.

– Okay. An zwei.

– Braque und Leger.

– Ich muß mit dir reden, sagt Robin zu Freddy.

– Ach ja?

– Eigentlich – wenn man genau hinkuckt, kommt man doch auf eine ganz anständige Zahl. Wenn man mit Bonnard und Vuillard anfängt und Leute wie Corbusier und Michaux mitzählt.

– Was meinst du mit Leuten wie Corbusier und Michaux?

– Können wir nicht aus dem Gedränge hier raus? sagt Robin.

– Ich fürchte nicht, sagt Freddy. Nebenan ist es noch voller.

– Ich meine Leute, die nicht in erster Linie Künstler waren.

– Was waren sie dann, wenn nicht Künstler?

– Ich sagte, in erster Linie.

Sie schieben sich durchs Gedränge ins Hauptfoyer.

– Und? sagt Freddy.

– Es geht um Licia, sagt Robin. Sie ruft nie zurück.

– Warum nicht?

– Keine Ahnung.

– Hast du sie nicht gefragt?

– Wie soll ich denn, wenn sie mich nie zurückruft?

– Sie ist im Augenblick viel unterwegs, sagt Freddy.

– Unterwegs? Wo? Ich dachte, sie hat ihren Job geschmissen.

– Unterwegs halt.

– Hat sie einen neuen Job?

– Nicht daß ich wüßte.

– Sie läßt eure Mutter ans Telefon gehen und sagen, daß sie nicht da ist, sagt Robin.

– Ist sie auch nicht, sagt Freddy.

– Wo ist sie denn dann?

– Frag sie selbst.

– Ich will sie ja nicht bedrängen, sagt Robin. Ich

respektiere ihre Privatsphäre. Ich wollte nur gern wissen, wie's ihr geht.

– Es geht ihr gut, sagt Freddy.

– Gut? Du meinst, es geht ihr gut?

– Genau.

– Machst du dir keine Sorgen um sie?

– Sorgen?

– Ich dachte nur … Hast du nicht den Eindruck, daß für sie im Moment alles ein bißchen schwierig ist?

– Wieso?

– Ich dachte nur, daß sie …

– Daß sie was?

– Ich will sie ja nicht bedrängen, verstehst du, sagt Robin. Aber ich dachte nur … Könntest du ihr ausrichten, falls es irgendwas gibt, was ich für sie tun kann …

– Wie zum Beispiel?

– Keine Ahnung. Irgendwas. Um ihr zu helfen.

– Um ihr zu helfen?

– Einfach irgendwas …

– Buona sera, buona sera, sagt Nigel, der plötzlich neben ihnen auftaucht.

– Du scheinst ja gut drauf zu sein heute abend, sagt Freddy.

– Ja? Warum ist das so rappelvoll hier drin?

– Liiiiebling! sagt eine Dame und umarmt Robin. Wie schön, dich zu sehen!

– Ich wollte dich was fragen, sagt Nigel zu Freddy. Benjy hat mich neulich gefragt, ob ich Lust hätte, eine Einleitung zur Nash-Ausstellung zu schreiben, und ich hab so halb zugesagt, aber dann ist ein Verleger auf mich zugekommen, um...

– Tut mir leid, sagt Freddy. Ich muß nach Hause.

– Warte noch, hör zu. Hättest du nicht vielleicht Lust...

– Ich bin jetzt schon mit drei Sachen in Verzug, sagt Freddy.

– Ich dachte nur, bei deinen Interessen...

– Sag ihr einfach, daß sie sich melden soll, wenn ihr danach ist, ja? sagt Robin und drückt seinen Arm.

– Mach ich.

– Denkst du auch dran?

– Ich sag's ihr.

– Bist ein Schatz.

– Die zahlen nicht schlecht, sagt Nigel.

– Tut mir leid, sagt Freddy. Ich muß nach Hause.

– Warum so eilig?

– Ich muß meinem Sohnemann was vorlesen.

– Vorlesen?

– Mhm.

– Was?

– Was?

– Was liest du ihm vor?

– Was ich ihm vorlese?

– Ja. Was?

– Calvins *Institutes.*

– Nie gehört. Ist das gut?

– Tschüß, sagt Freddy.

Am Eingang drängen die Leute immer noch hinein.

– Warum ist es so voll?

– Das ist die neue Strategie.

– Welche neue Strategie?

– Hast du nichts davon gehört?

– Man könnte denken, sie…

– Sie wollen den Eindruck vermitteln, daß hier was abgeht.

– Ronnies Idee?

– Wessen sonst?

– Ziemlich beknackt, wenn niemand Luft kriegt, oder?

– Was erwartest du? Un verre de champagne et une femme sur un canapé? wie mein Französischlehrer zu sagen pflegte.

– Na, auf geht's. Augen zu und durch.

– Viel Glück.

– Ciao.

* * *

– Deine Mutter hat angerufen, sagt Julie. Sie möchte, daß du sie zurückrufst.

– Jetzt?

– Sobald du zu Hause bist, hat sie gesagt.

– Ist gut.

– Häng nicht die ganze Nacht am Telefon. Joe wartet.

– Ich bin's, sagt er zu seiner Mutter.

– Wo warst du?

– Arbeiten.

– Arbeiten? Um diese Zeit?

– Ist mein Job.

– Du arbeitest zuviel.

– Ich weiß. Um was geht's?

– Du hast müde ausgesehen beim Mittagessen. Kannst du nicht etwas weniger arbeiten?

– Hast du deswegen angerufen?

– Nein. Es geht um Onkel Simon.

– Was ist mit ihm?

– Er hat sich den Knöchel verstaucht.

– Den Knöchel verstaucht?

– Ja.

– Wie?

– Als er aus der Badewanne gestiegen ist. Er hätte sich das Bein brechen können. Oder das Becken. Aber er hat sich nur den Knöchel verstaucht.

– Das tut mir leid.

– Dad wollte wissen, ob du ihn Sonntag abholen könntest.

– Ich?

– Ja.

– Warum?

– Er kann nicht laufen. Sein Knöchel ist ganz geschwollen.

– Nein, ich meine, warum ich?

– Dad macht's nicht.

– Recht hat er.

– Er kann nicht laufen. Sein Knöchel ist ganz geschwollen. Er kann ihn nicht belasten.

– Kann er sich kein Taxi nehmen?

– Du weißt, daß Onkel Simon nie Taxi fährt.

– Vielleicht kann er mal eine Ausnahme machen.

– Er sagt, wenn jetzt anfängt, Ausnahmen zu machen, nimmt das nie ein Ende.

– Ich hol ihn nicht ab.

– Er hat furchtbare Schmerzen.

– Dann ist es am besten, wenn er zu Hause bleibt.

– Er sagt, es täte ihm gut, mal rauszukommen.

– Dann soll er sich ein Taxi nehmen. Dad zahlt's ihm.

– Das nimmt Onkel Simon nicht an.

– Woher willst du das wissen? Hast du ihn gefragt?

– Ich kenn ihn doch. Das will er nicht. Er glaubt, das ist Sünde.

– Sünde? Taxi fahren?

– All das Geld auszugeben.

– Und es ist keine Sünde, jemanden so weit rausfahren zu lassen und dann den ganzen Weg wieder zurück?

– Sonntags ist das doch ganz einfach. Die Straßen sind leer.

– Wo liegt denn dann das Problem?

– Dad macht's nicht. Er sagt, in letzter Zeit ist sonntags auf den Straßen so viel los.

– Recht hat er. So ist es.

– Er dachte, du könntest vielleicht...

– Könnte was?

– Ihn abholen.

– Tut mir leid.

– Heißt das, du machst es nicht?

– Ja.

– Wie kommt er dann hier her?

– Weiß ich nicht.

– Er kann nicht mit der U-Bahn fahren. Nicht mit dem Knöchel in dem Zustand.

– Sag ihm, er soll sich ein Taxi nehmen.

– Das macht er nicht.

– Tja, das war's dann wohl.

– Ich glaube auch, mein Junge.

– Warum machst du ihm nicht klar, daß es eine kleinere Sünde ist, ein Taxi zu nehmen, als jemanden den ganzen Weg fahren zu lassen, nur um ihn abzuholen?

– Findest du, ich soll das wirklich?

– Finde ich.

– Ich versuch's.

– Mach das, Mum.

– Davon wird er nicht begeistert sein.

– Dann soll er zu Hause bleiben.

– Er freut sich so auf den Sonntag bei uns.

– Dann soll er selber zusehen.

– Ich versuch's, sagt sie. Aber ich weiß, er wird nicht begeistert sein.

– Tut mir leid, sagt Freddy, als er ins Schlafzimmer kommt. Ich hab mit Omi telefoniert. Onkel Simon hat sich den Knöchel verstaucht.

– Beim Fußball?

– Fußball? Onkel Simon?

– Wieso nicht? Im Park gibt's einen richtig alten Mann, der Fußball spielt.

– Nicht so alt wie Onkel Simon.

– Wohl. Richtig alt. Mit einem weißen Bart.

– Ich glaub, Onkel Simon hat noch nie in seinem Leben einen Ball angerührt.

– Wie ist es dann passiert?

– Er ist ausgerutscht, als er aus der Badewanne gestiegen ist.

– Ich wußte gar nicht, daß Onkel Simon überhaupt jemals badet.

– Weil er so riecht?

– Ja.

– Na, anscheinend doch hin und wieder.

– Ganz geschwollen?

– Ja.

– Dann soll er sich einen Eisbeutel drauftun.

– Sag ihm das doch.

– Eine Packung Tiefkühlerbsen tut's auch.

– Woher weißt du das?

– Weiß doch jeder.

– Möchtest du eine Geschichte hören?

– Ja.

– Gut. Leg dich hin. Mach die Augen zu.

– Sind schon zu.

– Nein, sind sie nicht.

– Jetzt aber.

– In Ordnung. »Es war einmal ein Fischer und seine Frau, die lebten zusammen in einem stinkenden Schuppen dicht an der See, und der Fischer ging jeden Tag hin…«

– Was ist ein Schuppen?

– Eine marode Hütte.

– Was ist marode?

– Heruntergekommen. Weiter?

– Ja.

– »Und er ging jeden Tag zum Angeln. Und er angelte und angelte. Und so saß er eines Tages mit der Angel und blickte in das klare Wasser. Und er saß und saß. Da ging die Angel bis zum Meeresgrund, und als er sie hochzog, da zog er einen großen Butt heraus.«

– Was ist ein Butt?

– Ein großer Fisch. Hör zu. »Da sagte der Butt zu ihm: ›Hör mal, Fischer, ich bitt dich, laß mich leben. Ich bin kein wirklicher Butt, ich bin ein verwunschener Prinz. Was hilft es dir, wenn du mich tötest? Ich würde dir doch nicht schmecken. Setz mich wieder ins Wasser und laß mich schwimmen.‹

›Nun‹, sagte der Mann, ›du brauchst nicht so viele Worte zu machen, einen Butt, der sprechen kann, werde ich doch wohl schwimmen lassen.‹

Und damit setzte er ihn wieder in das klare Wasser. Da schwamm der Butt auf den Meeresgrund und ließ eine lange Blutspur hinter sich. Da stand der Fischer auf und ging zu seiner Frau in den stinkenden Schuppen.«

Freddy hört auf vorzulesen.

– Weiter, sagt sein Sohn.

– Es ist schon spät, sagt Freddy. Du mußt jetzt schlafen.

– Na gut.

Er gibt seinem Sohn einen Kuß, macht das Licht neben dem Bett aus und tastet sich zur Tür.

Er klopft bei seiner Tochter an die Tür. – Darf ich reinkommen?

Er gibt ihr einen Kuß: – Jetzt wird geschlafen, sagt er.

– Darf ich das Kapitel noch zuende lesen?

– Wieviel Seiten sind's denn noch?

– Nicht mehr viele.

– Also gut. Aber versprich mir, daß du dann Schluß machst.

– Versprochen.

– Dann ist gut. Schlaf gut.

– Du auch.

– Becky? sagt er.

– Mhm?

– Nicht vergessen. Du hast es versprochen.

– Mhm.

– Also gut, sagt er. Gute Nacht.

– Darf ich Sie etwas fragen? sagt der Mann auf der Bank.

– Natürlich, sagt Licia.

– Was, sagt der Mann, würden Sie einem elfjährigen Kind schenken, das schon alles hat?

– Zum Geburtstag? fragt Licia.

– Genau, sagt der Mann.

– Wofür interessiert er sich denn?

– Sie interessiert sich für alles, sagt der Mann.

– Sie hat alles, und sie interessiert sich für alles?

– So ist es, sagt der Mann und sieht sie an.

– Ihre Tochter?

– Mhm.

– Und Sie wissen nicht, was sie sich wünscht?

– Ich seh sie nur selten.

– Warum?

– Ihre Mutter erlaubt es nicht.

– Ich fürchte, ich kann Ihnen nicht helfen, sagt Licia.

– Ich dachte nur, sagt der Mann.

Er sieht auf seine Hände.

– Haben Sie sie gefragt? fragt Licia.

– Nein, sagt der Mann. Es soll eine Überraschung sein.

– Ach so.

– Wo ich Sie so sehe, dachte ich, Sie hätten vielleicht eine Idee.

– Tut mir leid.

– Sie können mir gar nicht helfen?

– Ich glaube, sagt sie, in solchen Fällen sollte man immer das kaufen, was man selber gerne hätte oder was man in dem Alter gern gehabt hätte, statt zu überlegen, was der andere wohl gern hätte.

– Wirklich? sagt der Mann und sieht sie an.

– Ein Buch, das Sie in Ihrem Alter gern gehabt hätten. Oder einen Drachen. Oder sowas.

– Was für ein Buch hätten Sie denn mit elf gern gehabt? fragt der Mann.

– Fragen Sie mich nicht, sagt Licia.

– Hätten Sie gern einen Drachen gehabt?

– Ja, sagt Licia. Sehr gern.

– Und Sie haben nie einen geschenkt bekommen?

– Nein.

– Das tut mir leid.

– Mein Bruder hat auch keinen bekommen.

– Ich war in dem Alter ganz wild auf Pfeil und Bogen, sagt der Mann. Heutzutage geht's nur noch um Maschinengewehre und Düsenjets und so Sachen.

– Ach ja?

– Oder noch schlimmer, sagt der Mann.

– Schlimmer?

– O ja, sagt der Mann.

Er sieht auf seine Hände.

– Und Ihre Tochter?

– Ich weiß nicht.

Sie schweigt.

– Ich seh sie nicht sehr oft, sagt der Mann. Sie hat schon alles, fügt er hinzu. Dafür sorgt ihre Mutter.

– Wie schön für sie.

– Finden Sie?

– Finden Sie nicht?

Der Mann läßt seinen Blick über den Stadtpark schweifen.

– Was haben Sie ihr denn letztes Jahr geschenkt? fragt Licia ihn.

– Letztes Jahr? Das weiß ich nicht mehr. Irgendwas werde ich ihr wohl geschenkt haben.

– Und zu Weihnachten?

– Weihnachten?

– Haben Sie ihr nichts zu Weihnachten geschenkt?

– Doch, natürlich, sagt der Mann.

– Und was?

– Ach wissen Sie, sagt er und sieht sie an, ich weiß es einfach nicht mehr. Mit diesen Dingen beschäftigt man sich jedes Jahr aufs neue. Irgendwie ist es immer dasselbe.

Licia steht auf.

– Gehen Sie schon? sagt der Mann.

– Ja.

– Ich hoffe nicht, wegen mir.

– Nein. Ich muß nach Hause.

– Ich hab Sie hoffentlich nicht aufgehalten?

– Nein. Überhaupt nicht.

– Ich dachte nur, sagt er, als ich Sie so sah, Sie hätten vielleicht eine Idee.

– Wie kommen Sie darauf?

– Ich weiß es nicht. Ich dachte nur. Deswegen hab ich Sie gefragt. Ich hoffe, ich bin Ihnen nicht zu nahe getreten.

– Zu nahe getreten? Warum?

– Ich weiß nicht.

– Ihnen fällt sicher schon noch was ein, sagt sie.

– Meinen Sie?

– Ich muß los.

– Tut mir leid, daß ich Sie aufgehalten hab.

– Sie haben mich nicht aufgehalten, sagt sie.

– Hat mich gefreut, mit Ihnen zu plaudern.

– Wiedersehen.

Der Mann steht plötzlich auf und streckt seine Hand aus: – Wiedersehen.

Sie dreht sich um und geht weg.

* * *

– Das ist es gar nicht, sagt Julie zu ihrer Schwester. Was mich ärgert, ist seine Rücksichtslosigkeit.

– Ich hör dich so schlecht, sagt ihre Schwester.

– Ich hab gesagt, was mich ärgert, ist seine Rücksichtslosigkeit, sagt Julie.

– Mit dem Telefon stimmt was nicht, sagt ihre Schwester. Ich kann dich wirklich nicht verstehen.

– Ich versteh dich sehr gut.

– Hm?

– Ich hab gesagt, ich versteh dich sehr gut.

– Deswegen mußt du nicht gleich brüllen, sagt ihre Schwester.

– Wenn ich nicht brülle, sagst du, du kannst mich nicht hören.

– Jetzt versteh ich dich sehr gut, sagt ihre Schwester. Erzähl weiter.

– Ich kann nicht weitererzählen, sagt Julie. Nicht, wenn ich brüllen muß.

– Du mußt nicht brüllen, sagt ihre Schwester. Sprich einfach deutlich.

– Ich spreche deutlich, sagt Julie.

– Schön, sagt ihre Schwester. Erzähl weiter.

– Ich weiß nicht mehr, was ich gesagt hab.

– Rücksichtslosigkeit, sagt ihre Schwester.

– Richtig, sagt Julie. Unter zivilisierten Menschen sollte man doch meinen, daß man wenigstens ein bißchen Rücksichtnahme erwarten darf, ich meine, wenigstens einen Funken Gespür für die Bedürfnisse ...

– Tschuldigung, sagt ihre Schwester. Es wird immer schlimmer.

– Was denn?

– Was?

– Was wird immer schlimmer?

– Hm?

– Ach verdammt noch mal, sagt Julie.

– Paß auf, sagt ihre Schwester, ich muß sowieso auflegen. Ich ruf dich später wieder an.

– Da bin ich nicht mehr da.

– Hm?

– Ich hab gesagt, da bin ich nicht mehr da.

– Ich versteh kein Wort, sagt ihre Schwester. Ich leg jetzt auf.

– Warum hast du so gebrüllt? fragt ihre Tochter.

– Irgendwas stimmt nicht mit dem Telefon.

– War das Tante Emma?

– Ja. Mit dem Telefon stimmt was nicht. Du sollst sowieso nicht zuhören, wenn Erwachsene sich unterhalten.

– Du hast gebrüllt.

– Du hättest dir die Ohren zuhalten sollen.

– Die Ohren zuhalten?

– Einen Finger in jedes Ohr stecken, so.

– Und meine Zunge rausstrecken?

– Wenn du willst.

– So?

– Nein. So.

– Okay, sagt Becky. Ich werd's mir merken.

* * *

– Ich hab dir ein für allemal gesagt, sagt Freddy zu seiner Mutter, ich hol ihn nicht ab.

– Ich weiß, mein Junge.

– Warum fängst du dann wieder davon an?

– Tut mir leid.

– Er kann sich ein Taxi nehmen, sagt Sam. Ich bezahl's ihm.

– Dad bezahlt's ihm, sagt Freddy.

– Du weißt, das würd ihm nicht im Traum einfallen.

– Es ist unglaublich, sagt Sam. Der Mann ist unglaublich.

Die Haustür geht auf, und sie schweigen.

– Ich wußte gar nicht, daß du hier bist, sagt Licia, als sie ihren Bruder sieht.

– Ich bin nur auf einen Sprung vorbeigekommen.

Sie setzt sich.

– Bist du müde? sagt ihr Vater.

– Mhm.

– Sie ist immer müde, sagt er.

– Möchtest du einen Tee? fragt ihre Mutter.

– Nein danke.

– Freddy?

– Nein danke.

– Ich mach mir einen Tee.

– Nein danke.

– Möchtest du welchen? fragt sie ihren Mann.

– Nein danke.

– Ich mach mir gerade welchen.

– Nein danke.

– Kann ich dich einen Augenblick sprechen? sagt Freddy zu seiner Schwester. Sie gehen hinaus in den Garten.

– Ja? sagt sie.

– Vor ein paar Tagen hab ich Robin gesehen.

– Ach ja?

– Er läßt dich grüßen.

– Ach ja?

– Er hat versucht, dich anzurufen.

– Stimmt.

– Keine Sorge. Ich hab ihn nicht ermuntert.

– Danke.

– Ich muß Schluß machen, Liss, sagt er. Ich muß mit Petra Schluß machen.

– Warum auf einmal?

– Inzwischen ist es für mich ein Albtraum, zu ihr zu gehen.

– Warum machst du's dann?

– Vielleicht war's jetzt das letzte Mal.

– Was erwartest du von mir?

– Keine Ahnung.

Sie setzen sich auf die Bank.

– Möchtest du darüber reden? sagt sie.

– Julie und ich haben die ganze Zeit so gräßliche Spannungen, sagt er. Und wenn ich zu Petra gehe, ist es dasselbe. Was ich auch mache, sie nörgelt an mir rum. Ich hab nicht genug Zeit für sie. Bin nicht aufmerksam genug. Es macht mich wahnsinnig.

– Das hört sich aber gar nicht gut an, sagt Licia.

– Du magst sie nicht.

– Warum sagst du das?

– Stimmt doch, oder?

– Das hat damit gar nichts zu tun.

– Es macht mich wahnsinnig, sagt er.

Sie schweigt.

– Anfangs hatten beide so viel Verständnis, sagt er.

– So ist das halt.

– Muß wohl.

– Sollen wir reingehen? Mir wird kalt.

Sie gehen ins Haus zurück.

– Meinst du, ich soll Schluß machen? fragt er.

– Das mußt du wissen.

– Aber wenn ich dich nun um einen Rat bitten würde?

– Tust du ja nicht.

– Am Anfang war das nicht so, sagt er. Ich war wieder glücklich und damit auch netter zu Julie, und allen ging es besser.

– So läuft's halt, sagt Licia.

– Was soll das wieder heißen?

Sie stehen bei der Flügeltür.

– Du bist die einzige, mit der ich reden kann, sagt er.

– Was erwartest du von mir?

– Ich will nur wissen, was du denkst.

– Du weißt, was ich denke.

– Dann laß hören.

– Ich kann's nicht sagen, sagt sie. Das weißt du.

– Ja.

Er sieht auf die Uhr. – Ich muß los. Heute abend muß ich Joe was vorlesen.

– Immer noch Grimm?

– Ja.

An der Haustür sagt er: – Danke fürs Zuhören.

– Schon gut.

– Bis Sonntag dann.

– Mhm.

– Gehst du schon? ruft seine Mutter hinterher.

– Ich muß mich sputen. Ich muß Joe was vorlesen.

– Du bist doch gerade erst gekommen.

– Stimmt. Ich muß mich sputen.

– Ich hab dich kaum gesehen.

– Ciao, sagt er zu seiner Schwester. Tschüß, ruft er. Dann bis Sonntag.

– Willst du nicht reinkommen und dich ordentlich verabschieden? ruft seine Mutter.

Er macht die Haustür zu, sucht in der Hosentasche nach den Wagenschlüsseln.

* * *

– Bist du zum Stadtpark hochgelaufen? fragt Ella ihre Mutter und gibt ihr eine Tasse Tee.

– Hin und wieder zurück, sagt Nina.

– Hast du wen gesehen?

– Jede Menge Hunde.

– Was für welche?

– Alle möglichen, sagt Nina. Große und kleine.

– Hast du auch den Irischen Wolfshund gesehen?

– Heute nicht. Aber die beiden kleinen Boxer und das blonde Mädchen waren da.

– Und die Whippets?

– Nein, die Whippets waren nicht da. Aber die beiden kleinen Boxer mit ihren schönen Flanken, und dann der Afghane.

– Von dem Afghanen hast du noch nie was erzählt.

– Doch, sagt sie. Der mit dem großen Mann.

– War er an der Leine?

– Nein, sagt Nina. Er war losgemacht. Er ist durch den ganzen Park gerannt.

Ella nimmt ihr die Tasse ab.

– Ich hab mich in England sofort heimisch gefühlt, sagt Nina, schon wegen der Hunde. Genau wie in meiner Kindheit.

– Und meiner, sagt Ella.

– Und deiner, sagt Nina.

– Aber Sams nicht, sagt Ella.

– Nein, sagt Nina, Sams nicht.

Ella schweigt.

– Es ist gut für Kinder, wenn sie mit Tieren aufwachsen, sagt Nina. So bekommen sie ein Gefühl für Verantwortung.

– Sam hat Angst vor ihnen, sagt Ella. Weil er nicht damit aufgewachsen ist.

– In unserer Familie hatten wir immer welche, sagt Nina.

– Katzen mag er auch nicht, sagt Ella.

– Weil er eine Katzenallergie hat.

– Ja, sagt Ella. Die hat er immer gehabt.

– Aber er hat keine Hundeallergie.

– Nein. Er mag sie nur nicht. Er hat Angst vor ihnen.

– Man muß mit ihnen aufgewachsen sein, dann mag man sie, sagt Nina.

– Sams Familie hatte nie welche, sagt Ella. Er sagt immer, Juden und Hunde vertragen sich nicht.

– Das ist nicht wahr, sagt Nina. Sieh uns an.

– Hab ich ihm auch gesagt, sagt Ella.

– Wir haben uns nie als Juden empfunden, sagt Nina. Wir hatten immer englische Kindermädchen in unserer Familie. Strenge Anglikanerinnen. Die haben uns die Gebete beigebracht. Aber sobald wir erwachsen waren, haben wir alle Juden geheiratet.

– Ich hab auch einen Juden geheiratet, sagt Ella.

– Aber Freddy nicht.

– Für die Kinder ist das was anderes, sagt Ella. Bei uns waren ja die einzigen Leute, die wir wirklich kannten, Juden.

– Es gab auch Griechen, sagt Nina.

– Die einzigen Leute von unserem Schlag, sagt Ella.

– In England gibt es auch viele Juden, sagt Nina.

– Das ist nicht dasselbe.

– Nein, sagt Nina. Wenn, dann heiratet man in England schon bewußt einen Juden.

Ella schweigt.

– Und wir haben mit den meisten sowieso nicht viel gemeinsam, sagt Nina.

– Solang sie glücklich sind, sagt Ella, was macht das schon?

– Was hat Glück damit zu tun? sagt Nina.

– Glaubst du etwa nicht?

– Glück kommt und geht, sagt Nina.

– Und was macht das schon aus?

– Weiß ich auch nicht, sagt Nina. Ich weiß, was nichts ausmacht, aber ich bin nicht so sicher, was etwas ausmacht.

– Ich will die Spinnen sehen, sagt Becky.

– Ich mag keine Spinnen, sagt ihr Vater.

– Ich aber. Ich mag die großen mit Haaren dran.

– Die Tarantel.

– Talantel, sagt ihr Bruder.

– Tarantel.

– Hab ich doch gesagt.

– Hast du nicht. Du hast Talantel gesagt.

– Sie machen mir angst, sagt Freddy. Sie machen Joe angst. Und du willst Joe doch wohl keine angst machen, oder?

– Doch, will ich.

– Und mir?

– Dir auch.

– Becky, sagt er, weißt du, was ich glaube?

– Was?

– Ich glaub, du hast selbst ein bißchen Angst vor denen.

– Hab ich nicht.

– Ich glaub, du hast gern ein bißchen Angst.

– Ja, stimmt.

– Ich will ein Eis, sagt Joe.

– Ich will die Spinnen sehen.

– In Ordnung. Zuerst Eis und dann die Spinnen.

– Hast du Angst vor Spinnen? fragt sie ihren Bruder.

– Nein, sagt Joe.

– Er hat keine Angst vor ihnen, sagt sie. Nur du.

– Ich schäme mich nicht, das zuzugeben.

– Warum?

– Warum was?

– Warum hast du Angst?

– Weiß ich nicht. Weiß man, warum man vor etwas Angst hat?

– Du kannst ja hierbleiben.

– Nein. Ich werde meine Angst bezwingen.

– Ich nehm ihn mit. Ich weiß den Weg.

– Los. Aufessen. Wir kucken uns kurz die Spinnen an, und dann gibt's was zu essen.

– Die sind ganz harmlos, sagt sie, als sie sich auf den Weg machen.

– Sind sie nicht, sagt Freddy. Die sind todgiftig.

– Warum nimmt der Mann die dann in die Hand?

– Weil er verrückt ist.

– Wirklich?

– Er muß verrückt sein, wenn er sie in die Hand nimmt.

– Aber er ist der Wärter.

– Man muß verrückt sein, um Spinnenwärter zu werden.

– Wenn ich groß bin, will ich Spinnenwärterin werden.

– Du bist verrückt.
– Bin ich nicht.
– Bist du doch.
– Da sind wir. Keine Angst. Nimm meine Hand.

* * *

– Warum war der Mann nicht da?
– Weil er heute keinen Dienst hatte.
– Warum war er denn das letzte Mal da?
– Da hatten wir Glück. Da hatte er Dienst.
– An welchen Tagen hat er denn Dienst?
– Wenn sein Tag und seine Stunde gekommen ist.
– An welchen Tagen, Dad?
– Donnerstags und sonntags.
– Warum sind wir dann nicht an einem von den Tagen gekommen?
– Weil wir es nicht gewußt haben.
– Haben wir das das letzte Mal gewußt?
– Nein, da hatten wir Glück.
– Krieg ich ein Eis? fragt der Kleine.
– Nein.
– Warum nicht?
– Du hattest schon eins.
– Mir ist aber heiß.
– Eis ist gar nicht gut, wenn einem heiß ist.
– Was ist heute für ein Tag?
– Mittwoch.
– Können wir Donnerstag wiederkommen?
– Nein.
– Bitte, Dad!

– Nein. Ihr habt für heute wirklich genug gehabt.

– Können wir Sonntag wiederkommen?

– Warum quengelst du? Du hast die Spinnen doch gesehen.

– Ich wollte so gerne die mit den Haaren streicheln.

– Nächstes Mal.

– Wann?

– Bald.

– Ach Dad!

– Ich wollte sie streicheln, sagt sie, und nicht bloß hinterm Glas ankucken.

– Warum streichelst du nicht den Hund da?

– Das ist nicht dasselbe.

– Das ist viel schöner.

– Darf ich dein Eis aufessen? fragt Joe seine Schwester.

– Nein.

– Gut, sagt Freddy. Geh und kauf dir noch eins. Aber das ist wirklich das letzte für heute.

– Warum darf ich morgen nicht wiederkommen und die Spinnen ankucken, wenn er noch ein Eis kriegt?

– Das ist nicht dasselbe.

– Warum nicht, Dad? Warum nicht?

– Wenn du willst, kannst du auch noch ein Eis haben.

– Nein.

– Was willst du jetzt sehen?

– Nichts.

– Hast du alles gesehen, was du wolltest?

– Ja.

– Werd nicht trotzig.

– Ich bin nicht trotzig.

– Gut. Fragen wir mal Joe, was er sehen möchte.

* * *

– Warum liegt der da so?

– Weil es heiß ist.

– Mag er das nicht, wenn's heiß ist?

– Nein. Das ist ein Eisbär. Der hat's gern kalt.

– Sieht er darum so unglücklich aus?

– Ja.

– Er mag nicht, daß er eingesperrt ist, sagt seine Schwester.

– Wo sind die anderen?

– Drinnen.

– Krieg ich noch ein Eis?

– Nein. Ich hab dir gesagt, es war das letzte.

– Krieg ich einen Keks?

– Den kriegst du zum Tee.

– Wann gibt's denn Tee?

– Wenn wir noch ein paar Tiere angekuckt haben.

– Ich will aber keine Tiere mehr ankucken.

– Und was ist mit dir? fragt er seine Tochter. Möchtest du noch ein paar Tiere ankucken?

– Nein.

– Ich hab dir gesagt, werd nicht trotzig. Das steht dir nicht.

– Ich bin nicht trotzig.

– Doch. Bist du wohl.

– Bin ich nicht.

– Komm, sagt er. Wir trinken Tee und gehen dann nach Hause.

– Ich will nicht nach Hause.

– Du willst keine Tiere mehr ankucken, und du willst nicht nach Hause. Was willst du dann?

– Weiß nicht.

– Möchtest du mal schaukeln?

– Ja.

– In Ordnung.

– Krieg ich jetzt einen Keks?

– Nein. Wir suchen jetzt die Schaukel, dann gehen wir Tee trinken, und dann gehen wir nach Hause.

– Können wir noch mal zu den Spinnen? Vielleicht ist der Mann jetzt da.

– Du bist ja von Spinnen besessen. Magst du die großen Tiere nicht?

– Nein.

– Warum nicht? Die sind viel netter als Spinnen.

– Die sehen alle so traurig aus.

– Nicht alle.

– Die mögen's nicht, daß sie eingesperrt sind.

– Meinst du, die Spinnen mögen das?

– Die merken das gar nicht, sagt sie. Nicht so wie die Löwen und Bären.

– Ich glaube, du hast recht, Becky, sagt er. Ich glaube, du hast vollkommen recht.

– Behandel mich nicht wie einen Invaliden, sagt Simon. Wenn ich irgendwas hasse, dann ist es, wie ein Invalide behandelt zu werden.

– Du bist ein Invalide, sagt Nina.

– Wohl kaum, sagt Simon. Wohl kaum.

– Aber es tut weh, wenn du gehst.

– Nur wenn ich den Fuß belaste, sagt Simon. Darum hab ich nicht mit der U-Bahn kommen können.

– Und kannst du Treppen steigen?

– Wenn man wirklich muß, sagt Simon, dann beißt man einfach die Zähne zusammen und macht es.

– Wie war der Verkehr? fragt Ella.

– Nicht der Rede wert, sagt Simon. Nicht der Rede wert.

– Ich hab Sam ja gesagt, es ist sonntags kein Problem, sagt Ella.

– Er kennt alle Schleichwege, sagt Simon. Dieser Mann kennt London wie seine Westentasche.

– Ich hab ihm ja gesagt, es ist kein Problem, sagt Ella. Er stellt sich alles immer viel schlimmer vor, als es dann ist.

– So ist er eben, sagt Simon. Was willst du machen? Du kannst einen Menschen nicht ändern.

– Zu Hause ist es dasselbe, sagt Ella. Allein der Gedanke, eine Steckdose zu reparieren, läßt ihn klein und schwarz an der Leitung hängen, aber wenn er erst mal dabei ist, geht es ihm ganz leicht von der Hand.

– Er ist ein richtiger Engländer, sagt Simon. In Sachen *Do-it-yourself* ist er ein richtiger Engländer.

– Du bist die ganze Strecke dahin gefahren? sagt Freddy zu seinem Vater. Ich glaub's ja nicht.

– Es war einfacher so.

– Einfacher als was?

– Als mit deiner Mutter zu streiten.

– Und du bringst ihn den ganzen Weg wieder zurück?

– Mal sehen, sagt Sam.

– Gehst du immer noch jeden Tag zum Stadtpark rauf? fragt Julie Nina.

– Zum Stadtpark rauf und zurück.

– So soll's doch sein, sagt Julie. Es geht eben nichts über regelmäßige Bewegung, um sich fit zu halten.

– Mein ganzes Leben lang bin ich jeden Tag gelaufen, sagt Nina. Und nie einen Tag krank gewesen.

– So soll's doch sein, sagt Julie.

– Aber wohlgemerkt, sagt Nina, nur weil's mir Freude macht. Ich würde das nie nur wegen der Bewegung machen.

– Genau darauf kommt's an. Es muß einem Freude machen, sagt Julie. Es ist wie mit dem Essen. Ich sage immer, wenn man sein Essen genießt, bekommt's einem auch. Und wenn nicht, dann nicht. Meinen Klienten sag ich immer, was Sie auch tun, genießen Sie es, aber mit Maßen.

– Ich wette, darauf hört keiner.

– Manche schon.

– Aber die meisten nicht.

– Was willst du machen? sagt Julie. Das sind schließlich auch nur Menschen, oder?

– Wir waren neulich im Zoo, sagt Becky zu ihrer Tante.

– Um die Spinnen zu besuchen?

– Der Mann, der sie in der Hand hält, war nicht da.

– Wie ärgerlich.

– Er hatte keinen Dienst.

– Ach so.

– Er hat immer donnerstags und sonntags Dienst. Das wußten wir aber nicht.

– Aber ihr habt sie trotzdem gesehen.

– Es ist nicht dasselbe, wie wenn man sie streicheln kann.

– Sie streicheln kann?

– Er nimmt sie heraus und hält sie einem hin, sagt sie. Die Taranteln. Dann kann man sie streicheln, wenn man will.

Licia schaudert. – Ich hasse Spinnen, sagt sie.

– Daddy haßt sie auch.

– Alle, die ich kenne, hassen sie, sagt Licia. Nur du nicht.

– Ich mag sie, sagt Becky. Aber ich hasse den Zoo.

– Du haßt den Zoo?

– Ja.

– Warum?

– Die Tiere sehen so traurig aus in ihren Käfigen.

– Stimmt. Ich geh auch nicht mehr in den Zoo.

– Aber du gehst doch manchmal mit uns hin.

– Das mach ich für euch.

– Willst du den Goldregen sehen? fragt Nina Julie. Von meinem Fenster aus kann man ihn wunderbar sehen.

– Vielleicht später, sagt Julie.

– Viel besser als vom Garten aus.

– Ich würd ihn in ein Taxi setzen, sagt Freddy. Man kann ja im voraus bezahlen.

– Du weißt, wie er sich mit Taxis anstellt.

– Wenn du ihn einfach reinsetzt und die Tür zumachst, kann er nicht mehr raus.

– Das schafft der auch noch.

– Das wollen wir doch mal sehen.

– Du weißt, was deine Mutter dazu sagen würde.

– Soll sie doch.

– Du mußt nicht mit ihr zusammenleben.

– Auch wieder wahr.

– Du darfst mal anfassen, aber nicht drücken, sagt Simon zu Joe.

– So?

– Aua.

– Du hast gesagt, ich darf anfassen.

– Vorsichtig. Ganz vorsichtig.

– Tut das denn weh?

– Ja. Es ist ziemlich geschwollen, siehst du?

– Geht so.

– Geht so? Was hast du erwartet? Einen Ballon?

– Ich dachte, die Schwellung wär viel größer. Als Daddy mir davon erzählt hat.

– War sie ja auch. Aber sie ist allmählich am Abklingen.

– Was am Klingen?

– Sie geht zurück. Siehst du die Stelle da? Bis dahin war alles geschwollen.

– Bis dahin?

– Genau.

– Nervt Robin dich noch? fragt Freddy seine Schwester.

– Ja.

– Ich hab mein Bestes getan.

– Weiß ich.

– Ich kann ein bißchen deutlicher werden, wenn ich ihn das nächste Mal sehe.

– Nein, nein, laß ihn nur anrufen. Ella redet gern mit ihm.

– Echt?

– Sie sagt, er ist ein Gentleman.

– Was versteht sie denn schon davon?

– Sie vertraut ihrem Instinkt.

– Das ist ein Ding, was? sagt er. All die Jahre durch hat ihr Instinkt sie im Stich gelassen, und sie vertraut ihm immer noch.

– Der Triumph der Hoffnung über die Erfahrung.

– Eher der Triumph des Klischees über die Intelligenz.

Sie setzt sich neben Simon. – Sie haben dich ganz allein gelassen?

– Was erwartest du, Liebes? Ein alter Mann, der sich zu alledem noch den Knöchel verstaucht hat.

– Zu alledem?

– Wie geht's dir?

– Gut.

– Mir geht's furchtbar.

– Du siehst aber nicht so schlecht aus.

– Innen drin fühl ich mich furchtbar.

– Wem geht das nicht so?

– Aber bei mir entspricht das der Realität. Du solltest mal sehen, was ich innen drin fühle.

– Meinst du etwa, bei mir ist das nicht so?

– Hab ich das gesagt, Liss? Wie soll ich wissen, was du innen drin fühlst? Ich hör natürlich so einiges.

– Von Ella?

– Von wem sonst?

– Was sagt sie?

– Daß du unglücklich bist. Daß du die Orientierung verloren hast. Sowas in der Richtung.

– Glaubst du ihr?

– Warum nicht? Sind wir nicht alle unglücklich? Haben wir nicht alle die Orientierung verloren? Warum solltest du eine Ausnahme bilden?

– Es tut gut, mit dir zu reden, sagt sie.

– Deswegen bin ich ja da.

– Nur wegen mir?

– Nur wegen dir.

– Ist das wirklich wahr?

– Was?

– Was du gerade gesagt hast.

– Natürlich. Aber das Gegenteil ist genauso wahr. Tief im Innern wissen wir wahrscheinlich alle, wohin wir gehen. Tief im Innern sind wir wahrscheinlich alle mit unserem Schicksal ziemlich zufrieden. Wer weiß das schon?

– Das baut echt auf, sagt sie.

– Dein Großvater pflegte zu sagen: Erkenne nicht dich selbst, sondern Shema Yisroel.

– Soll heißen?

– Soll heißen, Nabelschau ist Zeitverschwendung. Tue das, wozu Gott dich auf die Erde geschickt hat.

– Und das glaubst du?

– Natürlich. Mehr oder weniger.

– Und er glaubte das auch?

– Was meinst du mit glauben? Er hat's gesagt. Ich glaub, er hatte das von Martin Buber.

– Also hat er nicht dran geglaubt? Er hat's gesagt wie einen Zauberspruch?

– Das Problem mit deinem Großvater war, er hatte überhaupt keinen Sinn für Humor. In der Hinsicht war er wahrscheinlich genau wie Martin Buber.

– Vielleicht ist es gar nicht so gut, Sinn für Humor zu haben.

– Vielleicht nicht. Aber keinen zu haben, kann mühsam für die anderen sein. Und wenn man dann noch ein großer Moralist ist, dann werden die persönlichen Beziehungen sehr anstrengend. Warum? Weil jeder in deiner Umgebung die Wahrheit dessen erkennt, was du sagst, aber da keiner danach leben kann, fangen sie an, sich zu hassen, und dann hassen sie dich dafür, daß du die Ursache dafür bist, daß sie sich selbst hassen, und alles wird sehr schwierig.

– Und so ist es dir ergangen?

– Das Problem mit Buber, sagt Simon, ist, daß er weit mehr von einem deutschen Protestanten hatte, als ihm selber bewußt war. Kafka hat das bei ihm gespürt, weißt du. Diese Tu-Gutes-Moral, verbunden mit mangelndem Sinn für Humor und begleitet von dem ständigen Gefühl, eine bedeutende Person zu sein.

– Und Großvater war so einer?

– Ganz genau.

– Das muß ganz schön hart für dich gewesen sein.

– Es war hart für alle seine Brüder und Schwestern. Aber er war ein großer Mann. Man konnte nicht umhin, ihn zu bewundern.

– Ach so?

– Mehr oder weniger.

– Man soll ja auch nicht übertreiben.

– Wenn man ein Götterbild errichtet, sagt Simon, hat man folgendes Problem: sobald man anfängt zu zweifeln, bleibt nichts mehr übrig.

– Und du? Ist bei dir was übriggeblieben?

– Nein.

– So eindeutig?

– Mehr oder weniger.

– Sam bringt dich jetzt nach Hause, Simon, sagt Ella, die bei ihnen sitzt.

– Ella, deine Kochkünste steigern sich von Mal zu Mal.

– Das sagst du jedesmal.

– Ich bin jedesmal begeistert, wenn ich hier esse.

Licia steht auf.

– Hast du mit Mutter gesprochen? fragt Ella ihn.

– Ich hatte keine Gelegenheit.

– Das kannst du ihr nicht antun.

– Ach was, sagt Simon. Das merkt die gar nicht.

– Natürlich merkt sie das.

– Was soll ich machen mit diesem meinem Knöchel? sagt er. Wenn sie mit mir sprechen wollte, hätte sie sich nur zu mir setzen müssen.

– Vorhin bist du noch ganz munter herumgehumpelt.

– Ich?

– Glaub ja nicht, ich hätte das nicht gesehen.

– Ist ja egal, wir haben uns sowieso nicht mehr viel zu sagen.

– So ein Unfug.

– Ist ja egal, ich hab mit allen anderen gesprochen. Es war wunderbar. Wie immer.

– Das freut mich.

– Um nichts in der Welt möcht ich diese Sonntage bei dir missen.

– Geh und mach dich fertig. Sam bringt dich nach Hause.

– Ich möchte ihn nicht warten lassen. Er ist ein vielbeschäftigter Mann. Ich hab gerad zu Ella gesagt, daß ich dich nicht warten lassen will, sagt er zu Sam, der jetzt neben ihm steht. Du bist ein vielbeschäftigter Mann.

– Ich möchte dich gern zurückbringen, bevor wir in die Rush-hour kommen, sagt Sam.

– Rush-hour? Sonntags?

– Du mußt nicht fahren, sagt Sam. Du hast keine Ahnung, wie das ist.

– Du bist ein Pessimist, sagt Simon. Wie war denn der Verkehr auf der Hinfahrt?

– Das war nur, weil ich die die Hauptstraßen vermieden hab.

– Na, das machst du ja jetzt auch.

– Jetzt wird es selbst auf den Schleichwegen voll sein, sagt Sam.

– Er ist ein Pessimist, sagt Sam zu seiner Nichte. Er weiß gar nicht, was für ein Genie der Stauvermeidung er ist.

– Bist du fertig? sagt Sam.

– Ich muß nur noch mal schnell verschwinden.

– Soll ich dir aus dem Sessel helfen?

– Nein, das schaff ich schon. Mit meinem Stock schaff ich das. Nur Geduld.

Er steht langsam auf.

– In einer Sekunde bin ich fertig, sagt er.

– Guten Morgen, sagt der Mann.
– Guten Morgen.
– Darf ich?
Er setzt sich neben sie auf die Bank.
– Wie geht es Ihnen?
– Gut. Und Ihnen?
– Wir haben vor ein paar Tagen miteinander geplaudert, sagt er.
– Ich weiß, sagt sie.
Sie blicken über den Stadtpark.
– Haben Sie etwas gefunden? fragt sie.
– Etwas gefunden?
– Für Ihre Kleine.
– Ah, sagt er. Ja.
– Und was?
– Ich meine mich zu erinnern, daß Sie einen Drachen vorgeschlagen hatten.
– Sie haben ihr einen Drachen gekauft?
– Ich fand das eine gute Idee.
Er schweigt.
Sie fragt: – Haben Sie noch mehr Kinder?
– Ich bin nicht verheiratet, sagt er.

– Nein, nein. Ich meine...

– Und Sie?

– Nein.

– Warum?

– Warum ich nicht verheiratet bin?

– Ja.

– Ich weiß auch nicht, sagt sie. Ich hab noch keinen getroffen, den ich heiraten möchte.

– Aber wenn Sie ihn träfen, würden Sie ihn heiraten.

– Ich weiß nicht, sagt sie.

– Da haben wir's, sagt er.

– Was meinen Sie mit da haben wir's?

Er ist in Gedanken verloren.

– Was meinen Sie damit, sagt sie noch einmal, da haben wir's?

Sie gerät auch ins Grübeln.

Schließlich sagt sie: – Ich bin in letzter Zeit immer so müde. Ich weiß nicht, was mit mir los ist, aber ich bin immer so müde.

Er sieht sie vom anderen Ende der Bank aus an.

– Ich tu überhaupt nichts und bin die ganze Zeit müde.

– Ich bin kein Arzt, sagt er.

– Damit wollte ich auch nicht...

Er ist für sie abwesend.

– Ich konnte nicht mehr arbeiten, sagt sie.

– Wirklich?

– Ich war zu müde, um weiterzumachen. Ich hab den Sinn nicht mehr gesehen.

– Das liegt an der Luft, sagt er.

– An der Luft? Sie meinen, hier in London?

– Überall, sagt er. Es ist überall dasselbe. Es ist die Luftverschmutzung.

– Die macht einen müde?

– Die beeinträchtigt das Immunsystem, sagt er.

– Das wußte ich nicht.

– O doch, das ist so.

– Ich wollte es auch nicht abstreiten. Ich hab nur gesagt, das wußte ich nicht.

– Haben Sie sich die Leute mal angesehen? sagt er.

– Was meinen Sie mit Leute angesehen?

– Es liegt am PVC, sagt er.

– Am was?

– Das verseucht alles.

– Ich glaub nicht…

– Haben Sie denen mal in die Augen gesehen?

– Mein Bruder hat unbeschreibliche Energien, sagt sie. Er…

– Gehen Sie durch die Straßen, sagt er. Schauen Sie den Leuten in die Augen. Dann sehen Sie's.

– Ich weiß, was Sie meinen, sagt sie.

– Dann haben Sie's also mal gemacht?

– Ich weiß, was Sie meinen.

Er schweigt und blickt über den Stadtpark.

– Ich versuche, ein Buch zu lesen, sagt sie. Aber ich komm nicht weiter. Früher hab ich viel gelesen.

– Das Gefühl kenn ich, sagt er.

– Sogar bei Autoren, die ich sonst gern gelesen hab.

Er blickt über den Stadtpark.

– Sogar bei Autoren, deren Bücher ich sonst verschlungen hab, sagt sie.

– Sehen Sie diesen Baum da drüben? sagt er.

– Welchen?

– Da, auf der linken Seite.

– Den mit dem kurzen Stamm?

– Der wurde von einem Wirbelsturm erfaßt. Jeder einzelne Ast kam runter. Aber er steht noch. Er hat gekämpft.

– Soll das eine Allegorie sein? sagt sie.

– Eine Allegorie?

– Soll ich das als Beispiel verstehen?

– Als Beispiel?

– Ich dachte, Sie hätten mir das als Beispiel vor Augen gehalten.

– Ich stelle bloß fest.

– Waren Sie hier, als der Wirbelsturm losgebrochen ist?

– Im Stadtpark?

– Nein. Haben Sie hier gewohnt?

– Ich wohne nicht hier.

– Ach nein?

– Nein, sagt er. Ich wohne nicht hier.

– Wo wohnen Sie dann?

– Nicht hier.

– Aber Sie kommen immer hierher.

– Es gefällt mir hier.

– Es gibt schönere Parks in London.

– Ich komm nicht *nur* hierher, sagt er.

– Nein. Natürlich nicht.

– Dies ist *einer* der Parks, wo ich hingehe, sagt er.

Sie schweigt.

– Nur *einer,* sagt er.

Sie schaut auf ihre Uhr. – Ich muß los, sagt sie.

– Schon?

– Ich muß.

Sie steht auf. – Auf Wiedersehen.

Er steht mit ihr auf. – Kann ich Sie irgendwohin mitnehmen?

– Nein, nicht nötig. Auf Wiedersehen.

Er streckt seine Hand aus: – Auf Wiedersehen.

Sie schüttelt seine Hand und geht. Er setzt sich wieder auf seinen Platz und schaut über den Stadtpark.

* * *

– Es ist so erniedrigend, sagt Julie.

– Es gibt Schlimmeres, sagt ihre Schwester.

– Natürlich gibt es Schlimmeres, sagt Julie.

– Möchtest du noch einen Kaffee? fragt ihre Schwester.

– Bitte.

Sie sieht aus dem Fenster und beobachtet die Passanten auf der Straße. Ihre Schwester kommt mit dem Kaffee zurück.

– Er spricht nicht mehr mit mir, sagt sie.

– Hat er denn je etwas Interessantes zu sagen gehabt?

– Darum geht es nicht. Man redet nicht miteinander, um sich interessante Dinge zu erzählen.

– Jaja, sagt ihre Schwester.

– Verstehst du, was ich meine?

– Jaja, sagt ihre Schwester. Jaja.

– Sag bitte nicht jaja, sagt Julie.

– Tut mir leid.

– Ich weiß nicht, wann das angefangen hat.

– Das weiß man nie, sagt ihre Schwester.

– Gestern war noch alles in Ordnung, und heute nun das.

– Hat er eine andere?

– Natürlich hat er eine andere, sagt Julie. Aber nichts Ernstes.

– Na dann.

– Na dann was?

– Wenn's nichts Ernstes ist.

– Zwischen uns, das ist ernst, sagt Julie.

– Das geht vorbei.

– Geht es nicht, sagt Julie. Es wird immer schlimmer.

– Das sagst du jedesmal.

– Aber nicht so, sagt Julie.

– Sowas kommt vor, sagt ihre Schwester. Manchmal hat man eben eine Pechsträhne. Das geht vorbei.

– Und man geht gestärkt aus allem hervor.

– Das hab ich nicht gesagt, sagt ihre Schwester.

Sie spielt mit ihrer Kaffeetasse.

– Wollte er nicht ein Buch schreiben? fragt ihre Schwester.

– Daraus wird nie was.

– Da hast du's.

– Was willst du damit sagen?

– Er kommt mit seinem Buch nicht weiter, und das läßt er an dir aus.

– Er kommt nicht nicht weiter mit seinem Buch. Er schreibt gar keins.

– Sag ich ja. Er muß jemandem die Schuld geben, also gibt er dir die Schuld.

– Es geht hier nicht um mich, sagt Julie. Es geht um die Kinder.

– Komm mir nicht damit, sagt ihre Schwester. Hier geht es um dich, und das ist auch ganz richtig so.

– Es geht um die Kinder, sagt Julie.

– Das einzige, was man Freddy nicht nachsagen kann, ist, daß er ein schlechter Vater ist, sagt ihre Schwester.

– Das hab ich auch nicht gesagt, sagt Julie. Ich hab gesagt, die Atmosphäre ist nicht gut für sie.

– Das merken die gar nicht.

– Natürlich merken die das.

– Du kannst mir glauben, dieses ganze Gerede über Kinder, denen jede kleine Spannung ihrer Eltern nahegeht, ist völliger...

– Ach ja? Es ist eine Tatsache, daß achtundsiebzig Prozent aller gestörten Kinder aus kaputten Elternhäusern kommen.

– Wie auch immer, sagt ihre Schwester. Tut mir leid. Ich muß los.

– Willst du keinen Kaffee mehr?

– Ich muß los. Tut mir leid.

Sie steht auf. – Wart's ab. Wird schon wieder werden.

– Nein, sagt Julie. Diesmal nicht.

– Nicht mit dieser Einstellung, sagt ihre Schwester.

Sie gibt ihr einen Kuß. – Stark bleiben, sagt sie.

* * *

– Sie ist müde, sagt Ella.

– In ihrem Alter? sagt Sam.

– Was hat das Alter damit zu tun?

– In ihrem Alter hat man nicht das Recht, müde zu sein, sagt er. Hörst du? sagt er zu seiner Tochter.

– Ja, sagt Licia.

– Laß sie doch, sagt Ella.

– Wovon soll sie müde sein? sagt Sam. Kannst du mir mal erklären, wovon sie müde sein soll?

– Sie ist es eben, sagt Ella.

– Sie hat doch nichts anderes getan, als eine Stunde im Stadtpark auf der Bank zu sitzen. Wie kann man bloß müde werden, wenn man auf einer Bank rumsitzt?

– Vielleicht solltest du doch mal zum Arzt gehen, sagt Ella zu ihrer Tochter.

– Sie war beim Arzt, sagt Sam. Der hat nichts gefunden.

– Vielleicht findet ein anderer Arzt etwas.

– Und wenn nicht? Dann geht sie zu noch einem und noch einem, so lange, bis einer etwas findet?

– Bei einem sollten wir es vielleicht noch versuchen.

– Weißt du, wofür Ärzte da sind? sagt Sam. Sie sind für Leute da, die krank sind. Nicht für Leute, die müde sind.

– Vielleicht ist sie krank.

– Glaubst du, daß du krank bist? fragt er seine Tochter.

– Ich bin müde, sagt sie.

– Da haben wir's, sagt er zu seiner Frau. Sie ist nicht krank, sie ist müde.

– Vielleicht ist Müdesein eine Krankheit.

– Was soll das heißen, eine Krankheit?

– Vielleicht kann sie sich etwas verschreiben lassen.

– Ich sag dir, was sie sich verschreiben lassen kann. Einen Job kann sie sich verschreiben lassen.

– Laß sie doch, sagt Ella.

– Ich will doch nur ihr Bestes.

– Ich weiß.

– Es will mir nicht in den Kopf, sagt er, warum man nach einer solchen Ausbildung einen guten Job hinschmeißt, um dann zu Hause zu hocken und zu jammern.

– Sie jammert doch gar nicht.

– Was macht sie denn?

– Du hast sie gefragt, was mit ihr los ist, und sie hat dir geantwortet, sagt Ella.

– Und was ist das für eine Antwort? sagt er. Sie bedeutet nichts. Überhaupt gar nichts.

– Laß sie doch.

– Ich zwing sie ja zu nichts, sagt Sam. Ich zwinge sie zu nichts, was sie nicht will. Ich will einfach nur ihr Bestes. Wenn sie einen Job hat, ist sie auch nicht mehr müde. Dann kommt sie gar nicht mehr dazu, über sich und ihre Müdigkeit nachzudenken. Dann hat sie wieder ein Ziel im Leben. Mehr sag ich ja nicht.

* * *

– Tut mir leid, sagt Freddy.

– Was glaubst du, wie ich mich fühle?

Er schweigt.

– Ich hab dich was gefragt, sagt Petra.

Er schweigt.

– Bist du noch da? sagt sie.

– Ja, sagt er.

– Ich dachte, du bist vielleicht schon weg.

– Nein, sagt er.

– Hast du mir noch irgend etwas zu sagen?

Er schweigt.

– Weißt du, was das bedeutet?

Er schweigt.

– Bist du noch da?

– Ja, sagt er.

– Darf ich davon ausgehen, daß dein Schweigen bedeutet, was es bedeutet? sagt sie.

– Tut mir leid, sagt er.

– Weißt du, sagt sie, dein Problem ist, daß du dich benimmst wie ein Arschloch und als liebes, gutes Sensibelchen dastehen möchtest.

Er schweigt.

– Männer, sagt sie.

– Tut mir leid, Petra, sagt er.

– Wenn du's mir wenigstens ins Gesicht gesagt hättest, dann hätte ich dir eine reinhauen können, sagt sie. Sie fängt an zu lachen.

Er wartet.

– Bist du noch da? sagt sie, nachdem sie aufgehört hat zu lachen.

– Ja.

– Und was ist mit morgen?

– Tut mir leid.

– Wie soll ich das verstehen?

– Ich kann nicht.

– Und übermorgen?

– Tut mir leid.

– Ich wollte es nur genau wissen, sagt sie.

Er wartet.

– Hast du nichts mehr zu sagen? fragt sie.

– Was soll ich denn zu sagen haben?

– Was soll ich denn zu sagen haben? Ist das alles, was du zu sagen hast?

Er wartet.

– Du bringst mich zum Lachen, sagt sie. Du bringst mich wirklich zum Lachen.

Sie beginnt zu weinen.

– Tut mir leid, sagt er.

Er wartet, hört sie weinen, dann legt er den Hörer auf.

* * *

– Und dann, sagt Nina, hat uns das Kindermädchen fein angezogen, und wir sind mit den australischen Offizieren Tee trinken gegangen. Wir waren dick befreundet mit den australischen Offizieren. Und mit den neuseeländischen Offizieren.

– Gab's viele von denen? fragt Licia.

– Es wimmelte nur so von denen, sagt Nina. Die haben alle auf ihren Einsatz gewartet.

– Warum haben die euch zum Tee eingeladen?

– Wahrscheinlich haben wir sie an ihre eigenen Kinder erinnert, sagt Nina.

– Hast du je wieder etwas von denen gehört?

– Nein, sagt Nina. Wir haben mal unser Kindermädchen gefragt, was aus ihnen geworden ist, und die hat uns erzählt, daß alle bei Gallipoli gefallen sind.

– Alle?

– Hat sie jedenfalls gesagt. Alle.

– Und was gab's so zum Tee?

– Englisches Gebäck. Köstliches englisches Gebäck. Ich meine, sagt sie, das war natürlich auch deswegen so köstlich, weil wir von den freundlichen Offizieren in ihren schmucken neuen Uniformen eingeladen waren. Wahrscheinlich würde ich dieses Zeug heute überhaupt nicht mehr anrühren, mit diesem rosa Zukkerguß und der klebrigen Marmelade.

– Das war also nicht wie das Gebäck bei euch zu Hause?

– Bei uns gab es niemals Gebäck, sagt Nina. Nur *petits fours.*

– Was hattet ihr an, wenn ihr mit den australischen Offizieren Tee getrunken habt?

– Wir hatten Schleifen im Haar. Große Schleifen. Und Schuhe mit Schnallen.

– Und habt ihr die Schleifen selbst gebunden?

– Lieber Himmel, nein! sagt Nina. Bis wir zwölf waren, konnten wir uns nicht mal selbst die Haare bürsten.

Sie schaut aus dem Fenster. – Wir waren völlig hilflos, sagt sie. Erst als unser Kindermädchen tot war, wurden wir dem wirklichen Leben ausgesetzt.

– Dein Leben kommt mir viel wirklicher vor als meins, sagt Licia.

– Das ist immer so, sagt Nina. Das Leben anderer kommt einem immer wirklicher vor als das eigene. Und denk immer daran, daß dein Leben für andere wirklicher ist als ihr eigenes.

– Meins nicht, sagt Licia.

– Deins auch.

– Das kann ich nicht glauben.

– Mußt du aber, sagt Nina. Sonst kannst du nicht weitermachen.

– Manchmal hab ich das Gefühl, ich kann nicht weitermachen, sagt Licia.

– So geht es allen jungen Leuten, sagt Nina. Das ist der Vorteil, wenn man älter wird. Du weißt, es geht.

– So jung bin ich nicht mehr, sagt Licia.

– Manche merken es früher als andere, sagt Nina. Aber irgendwann im Leben merkt es jeder.

– Du auch? sagt Licia.

– Natürlich, sagt Nina. Glaubst du, ich bin anders als die anderen?

– Ja, sagt Licia. Natürlich.

– Ihre beste Freundin, sagt Freddy.

– Wer?

– Nancy Fisher.

– Wie ist das passiert?

– Es ist wirklich nicht zu fassen, sagt Freddy. Sie stand hinten im Bus und wollte gerade aussteigen. In Islington. Und ein anderer Bus ist voll hinten draufgefahren.

– O mein Gott, sagt Licia.

– Alle, die hinten standen, sind ums Leben gekommen, sagt Freddy.

– O mein Gott, sagt Licia.

– Die untersuchen jetzt, was passiert ist, sagt Freddy. Du kannst dir vorstellen, in welchem Zustand sie ist.

– Ich glaub's einfach nicht, sagt Licia.

– Der Anruf kam von Nancys Bruder, sagt Freddy. Die Beerdigung ist am Freitag.

– Waren es die Bremsen? fragt Licia.

– Sie hat sich einfach in ihrem Zimmer eingeschlossen, sagt Freddy. Sie kann nicht mal weinen.

– Und die Kinder?

– Ich hab ihnen gesagt, daß sie tot ist. Ohne die Einzelheiten.

– Hatte sie Kinder? fragt Licia.

– Gottseidank nicht.

– Wurde sonst noch jemand verletzt?

– Hab ich dir doch gesagt. Alle, die hinten standen, sind ums Leben gekommen.

– Ich meine, irgendwelche Fußgänger.

– Keine Ahnung. Die Untersuchung läuft noch.

– Soll ich vorbeikommen? Mit den Kindern was unternehmen?

– Nein nein. Eigentlich geht es nur Julie wirklich nahe. Ich muß gestehen, ich persönlich war nicht so dicke mit ihr. Sie hockt im Schlafzimmer und gibt keinen Ton von sich.

– Tut mir leid, sagt Licia.

– Sowas passiert.

– Klar, aber trotzdem.

– Mitten auf der Middle Street, sagt Freddy. Es ist nicht zu fassen.

– Wie nah waren die?

– Die Busse?

– Nein nein. Sie und Julie.

– Sie war ihre beste Freundin.

– Es ist nicht zu fassen.

* * *

Freddy öffnet die Tür zum Schlafzimmer. – Kann ich dir irgendwas bringen? fragt er.

Julie sitzt auf der Bettkante und starrt zu Boden.

– Eine Tasse Kaffee? sagt Freddy. Eine Tasse Tee?

– Nein, sagt sie.

– Soll ich irgend jemand für dich anrufen?

– Nein, sagt sie.

– Alles in Ordnung?

– Ja.

Er schließt die Tür.

– Ist mit Mami alles in Ordnung? fragt Becky.

– Ja. Wir müssen sie jetzt einfach ein bißchen in Ruhe lassen.

– Dürfen wir in den Park?

– Jetzt?

– Ja.

– Was ist mit Joe?

– Der will auch.

– Möchtest du in den Park?

– Nein.

– Was möchtest du denn?

– Ich will hierbleiben.

– Was willst du denn hier machen?

– Ich will zu Mami.

– Das geht jetzt nicht. Wir müssen sie ein bißchen in Ruhe lassen.

– Warum?

– Sie hatte einen Schock.

– Weil Nancy tot ist?

– Ja.

– Komm, sagt Becky. Wir gehen in den Park.

– Ich will nicht. Ich will hierbleiben.

– Spielverderber.

– Los, sagt Freddy. Wir gehen schaukeln.

Er klopft an die Schlafzimmertür und öffnet sie wieder: – Ich geh mit den Kindern in den Park.

Julie sitzt auf der Bettkante und starrt zu Boden.

– Okay?

Sie antwortet nicht.

– Kommst du zurecht? fragt er.

– Ja.

– Okay. Wir bleiben nicht lang.

Er schließt die Tür wieder. – Los, sagt er.

– Ich will hierbleiben, sagt Joe.

– Geht nicht. Wir müssen Mami in Ruhe lassen.

– Ich will hierbleiben.

– Los, zieh deine Jacke an. Es ist kalt draußen.

Draußen ist die Sonne von einem Wolkenschleier verhangen. – Gebt mir eure Hand, sagt er zu den Kindern.

– Ist der eine Bus auf den anderen draufgefahren? fragt Becky, als sie auf das grüne Männchen warten.

– Ja.

– Hat er den nicht gesehen?

– Das weiß man nicht. Sie versuchen, das rauszufinden.

– Vielleicht war der Fahrer betrunken.

– Vielleicht.

– Können wir zu den großen Schaukeln gehen?

– Wenn du vorsichtig bist.

– Schubst du mich an?

– Mal sehen.

– Ein Glück, daß Nancy keine Kinder hatte, sagt Becky.

– Ja. Ein Glück.

– Das wäre sonst schrecklich für die.

– Ein Glück hatte sie keine.

– Aber es ist furchtbar für ihre Mutter.

– Ja.

– Und ihren Vater.

– Ja.

– Was ist mit den anderen toten Leuten?

– Was soll mit denen sein?

– Hatten die Kinder?

– Weiß ich nicht.

– Das wäre sonst schrecklich für die.

– Komm jetzt. Wir gehen schaukeln.

– Laß mich los.

– Tschuldigung. Ich hab nicht gemerkt, daß ich dich noch an der Hand hatte. Los, Joe, sagt er. Wir gehen auf die Rutsche.

– Ich will aber nicht auf die Rutsche.

– Willst du auf die Schaukel?

– Nein.

– Willst du etwa trotzig werden?

– Ich bin nicht trotzig.

– Na schön. Tschuldigung.

– Ich will nach Hause zu Mami.

– Noch nicht. Wir müssen sie noch ein bißchen in Ruhe lassen.

– Schubst du mich an, Daddy?

– Also gut. Halt dich fest.

– Los, Daddy!

– Los, sagt er zu seinem Sohn. Wir schubsen jetzt Becky an.

– Schubst du mich auch an?

– Aber klar. Erst Becky, und dann dich. Geh ein Stück zurück.

– Höher, sagt Becky.

– Halt dich gut fest.

– Ich halt mich fest.

– Gut. Los geht's.

– Würden Sie von sich sagen, daß Sie ein Sommertyp sind? fragt der Mann.

– Was meinen Sie mit Sommertyp?

– Ich meine, haben Sie das Gefühl, daß Sie im Sommer eher aufblühen oder eingehen?

– Darüber hab ich noch nie nachgedacht, sagt Licia.

– Also? sagt der Mann.

– Keine Ahnung.

– Vielleicht sind Sie der Herbsttyp, sagt der Mann. Wie die meisten Einzelgänger.

– Ich bin kein Einzelgänger, sagt Licia.

– Also ich persönlich, ich liebe den Sommer, sagt der Mann. Ganz besonders solche Sommer, wie wir sie in den letzten Jahren hatten. Obwohl ich weiß, daß ich im Sommer eher eingehe.

– Körperlich? fragt Licia.

– Natürlich körperlich, sagt der Mann. Man ißt weniger, wenn es heiß ist. Man zieht weniger an. Man fühlt sich überhaupt viel leichter als im Winter. Aber ich meine auch geistig. Seelisch. Im Winter weitet sich der geistige Horizont. Im Sommer verengt er sich.

– Interessant, sagt Licia.

– Das ist Tatsache, sagt der Mann.

– Beunruhigt Sie das? fragt Licia ihn.

– Nein, sagt er. Ich wäre nur beunruhigt, wenn der Sommer nicht aufhören würde.

– Und Sie immer mehr eingehen würden.

– Eingehen?

– Also...

– Ich weiß, was Sie meinen, sagt er.

– Aber das wird ja wohl nicht passieren, sagt Licia. Sogar mit dem ganzen Treibhauseffekt nicht.

– Ich wüßte überhaupt nicht, was ich machen sollte, sagt der Mann. Allein der Gedanke, daß es so kommen könnte...

– Haben Sie das Gefühl, daß Ihnen im Sommer Ihr eigenes Ich fremd wird?

– Genau. Ich genieße den Sommer, aber mein eigenes Ich wird mir fremd. Ich weiß nicht mehr, wer ich bin. Dann geht das eigene Selbst ein.

Sie schweigt.

– Sogar wenn ich mich anstrenge, sagt er, finde ich es schwierig, mich zu erinnern, wer ich bin. Was ich will. Warum ich es will. Und das alles wegen der Hitze.

– Meine Mutter ist in einem viel heißeren Klima groß geworden, sagt Licia.

– Italien?

– Nein.

– Griechenland?

– Nein.

– Deswegen sind die Mittelmeervölker so unkompliziert, sagt der Mann. Deswegen sind die Engländer und die Deutschen so introvertiert und kompliziert.

– Sie meinen, das kann man alles aufs Klima zurückführen?

– Weitgehend, sagt er. Meinen Sie nicht?

– Ich weiß nicht. Ich hab nie darüber nachgedacht.

– Die Italiener sind wie Eidechsen, sagt er. Sie tummeln sich in der Sonne, und wenn es heiß wird, verkriechen sie sich in den Schatten. Die Deutschen sind wie Maulwürfe. Sie graben sich ein und verstekken sich. Und wenn sie Eidechsen sein wollen, machen sie sich lächerlich.

– Sie verallgemeinern aber sehr, sagt sie.

– In diesem Fall muß man verallgemeinern, sagt er.

– Und die Engländer?

Er sieht sie an.

– Und die Engländer? wiederholt sie und schaut ihn an.

– Kommen Sie auch im Winter hierher? fragt er sie.

– Natürlich. Warum?

– Nur so.

– Und Sie?

– Nicht so oft, sagt er.

– Warum nicht?

– Es kommt darauf an, ob ich Zeit habe oder nicht.

– Und meistens haben Sie keine?

– Keine was?

– Keine Zeit.
– Kommt immer drauf an, sagt er.
– Aber im Moment schon.
– Im Augenblick ja, sagt er.
– Ich auch.
– Dann haben wir beide Zeit, sagt er.
– Ja.
– Ja, sagt er.

* * *

– Die beste Freundin meiner Frau ist vor ein paar Tagen umgekommen, sagt Freddy.

– Umgekommen? Wie?

– Sie stand hinten im Bus und wollte aussteigen, als ein anderer Bus voll von hinten draufgefahren ist.

– Um Himmels willen! sagt sie.

– Alle, die hinten standen, sind ums Leben gekommen, sagt Freddy.

– Wie schrecklich! sagt sie. Wie schrecklich für Ihre Frau.

– Zweifellos war es für ihre Freundin schlimmer.

– Natürlich, sagt sie. Aber es muß ein furchtbarer Schock für Ihre Frau gewesen sein.

– Es war ein furchtbarer Schock, sagt Freddy.

– Wie wird sie damit fertig?

– Sie steht noch unter Schock, sagt er.

– Das kann ich mir denken, sagt sie.

– Entweder ist sie vollkommen still, oder sie kriegt hysterische Anfälle, sagt er.

– Wie schrecklich! sagt sie.

– Es ist schlimm für die Kinder, sagt er.

– Natürlich.

– Es ist der Schock, sagt er. Das kam völlig unerwartet.

– Natürlich, sagt sie.

– Was hätten Sie gern zum Nachtisch? sagt er.

– Ich müßte noch mal einen Blick in die Karte werfen, sagt sie.

– Natürlich, sagt er.

– Wenn ich Ihnen irgendwie helfen kann ... sagt sie, während er den Kellner heranwinkt.

– Das ist lieb von Ihnen.

– Nein, sagt sie. Ehrlich. Mit Krisen kenn ich mich aus.

– Da bin ich sicher, sagt er.

– Ich hätte gern den Obstsalat.

– Nicht etwas Exotischeres?

– Ich bleib beim Obstsalat.

– Vielleicht, sagt er, helfen Sie mir, mal etwas mit den Kindern zu unternehmen, wenn Sie die Zeit erübrigen können.

– Liebend gern.

– Gut.

– Falls Ihre Frau nichts dagegen hat.

– Warum sollte sie etwas dagegen haben? Sie tun uns beiden einen Gefallen.

– Dann liebend gern.

– Und ... Kaffee? fragt er, als der Kellner an den Tisch kommt.

Er bestellt.

– Falls sie Ihren Terminkalender dabeihaben, sagt er zu ihr, können wir vielleicht gleich etwas ausmachen.

* * *

– Ich mach mir Sorgen um Simon, sagt Ella.

– Warum? sagt Sam.

– Dieser Herbst hat ihn irgendwie verändert.

– Ist mir nicht aufgefallen, sagt Sam.

– Er scheint irgendwie an Lebenslust verloren zu haben.

– Lebenslust? sagt Sam. Simon?

– Du weißt, was ich meine, sagt sie.

– Nein, sagt er.

– Er war immer viel unterwegs, hat Vorlesungen besucht und so, sagt sie. Jetzt liegt er den ganzen Tag im Bett und liest nicht mal.

– Vielleicht denkt er nach.

– Er hat mir immer gesagt, welche Bücher ich lesen soll, sagt sie. Er war immer der große Lehrmeister. Jetzt beklagt er sich nur noch über seine diversen Zipperlein.

– Vielleicht hört er dann endlich auf, andere Leute darüber zu belehren, wie sie leben sollen, sagt Sam.

– Er hat immer voller Ideen gesteckt, sagt Ella. So voller Pläne.

– Vielleicht ist das alles nur eine Frage von *reculer pour mieux sauter*, sagt Sam.

– Ich hoffe, du hast recht.

– Ich nicht, sagt er.

– Er war dauernd im British Museum bei Vorträgen über mexikanische Skulpturen oder im Chatham House bei einer Diskussionsrunde über Fundamentalismus im Islam. Jetzt redet er nur noch von seinen Schmerzen in der Brust.

– Ich dachte, es wär der Knöchel.

– Nein, sagt sie. Seine Brust.

– Aber er hat sich doch den Knöchel verstaucht, nicht die Brust.

– Das schon, sagt sie. Aber in der letzten Zeit klagt er über Schmerzen in der Brust.

– Er war schon immer so, sagt er.

– Wie, schon immer?

– Hier ein Wehwehchen, dort ein Wehwehchen.

– So ist er nun mal, sagt sie.

– Sag ich ja.

– Aber so wie jetzt war's noch nie, sagt sie.

– Ich würd mir keine Sorgen machen, sagt er. Der überlebt uns alle.

– Mir gefällt einfach die Veränderung nicht, die mit ihm vorgegangen ist, sagt sie.

– Dir gefällt überhaupt keine Veränderung, egal, was es ist.

– Stimmt, sagt sie.

– Wem schon? sagt er.

– Stimmt, sagt sie.

– »Und dann«, liest Freddy vor, »stand der Fischer auf und ging zurück zu seiner Frau in den stinkenden Schuppen.

›Mann‹, sagte die Frau, ›hast du heute nichts gefangen?‹

›Nein‹, sagte der Mann. ›Ich habe einen Butt gefangen, aber er sagte, er sei ein verwunschener Prinz. Da habe ich ihn freigelassen.‹«

– Was ist ein Butt?

– Hab ich dir doch gesagt. Ein großer Fisch.

– Wie ein Wal?

– Nein. Viel kleiner.

– Wie groß denn dann?

– Etwa so groß, glaub ich. Weiter?

– Ja.

– »›Hast du dir denn nichts gewünscht?‹ sagte die Frau.

›Nein‹, sagte der Mann. ›Was hätte ich mir wünschen sollen?‹

›Ach‹, sagte die Frau, ›das ist doch schlimm, daß wir hier immer noch in dem stinkenden Schuppen hausen müssen, der stinkt und so eklig ist. Du hättest uns doch ein kleines Häuschen wünschen können. Geh noch mal hin und ruf nach ihm: Sag ihm, wir möchten gern ein kleines Häuschen haben. Das macht er gewiß.‹

›Ach‹, sagte der Mann, ›warum soll ich da noch mal hingehen?‹

Da sagte die Frau: ›Du hast ihn doch gefangen und hast ihn wieder schwimmen lassen; das macht er gewiß. Geh sofort hin.‹

Der Mann wollte nicht so recht, wollte aber seiner Frau auch nicht widersprechen, und so ging er wieder an das Meer. Als er ankam, war das Meer ganz grün und gelb und gar nicht mehr so klar. Da stellte er sich hin und sagte:

›Manntje, Manntje, Timpe Te,
Buttche, Buttche in der See,
meine Frau die Ilsebill
will nicht so, wie ich wohl will.‹

Da kam der Butt herangeschwommen und sagte: ›Na, was will sie denn?‹

›Ach‹, sagte der Mann, ›ich hab dich doch gefangen. Und da hat meine Frau gesagt, ich hätte mir doch etwas wünschen sollen. Sie will nicht mehr in dem stinkenden Schuppen hausen, sie hätte gern ein kleines Häuschen.‹

›Geh nach Hause‹, sagte der Butt, ›das hat sie schon.‹«

Freddy hört auf zu lesen und schaut seinen Sohn an.

Seine Augen sind geschlossen, und er atmet tief und gleichmäßig. Freddy zieht ihm die Decke über die Schultern, macht das Licht aus und geht auf Zehenspitzen aus dem Zimmer.

Er betritt das Zimmer seiner Tochter. Sie liegt eingerollt mit ihrem Buch unter der Decke.

Er setzt sich zu ihr ans Bett. Sie tut so, als würde sie ihn nicht bemerken.

– Machst du bitte bald das Licht aus? sagt er.

– Ich möchte das noch fertig lesen.

– Warum hältst du das Buch nicht über der Bettdecke?

– Ich mag das so.

– Wie kannst du überhaupt was sehen?

Sie beachtet ihn nicht.

– Lies nicht zu lange, sagt er.

– Nein.

Er beugt sich vor und gibt ihr durch die Bettdecke einen Kuß auf die Stirn.

– Gute Nacht, mein Schatz.

– Gute Nacht.

* * *

Julie sitzt in der Küche und starrt ins Leere.

– Wie fühlst du dich? fragt er sie.

– Ganz gut.

Er setzt sich.

– Nicht besser?

– Ganz gut.

– Kann ich dir was holen?

– Nein.

– Bestimmt nicht?

– Bestimmt nicht.

– Soll ich mich ums Abendessen kümmern?

– Wie du willst.

Er steht auf und geht zum Kühlschrank. – Hast du mit deiner Mutter gesprochen? fragt er.

– Ja, sagt sie.

Er fängt an, Gemüse zu putzen. – Es wird jetzt besser, sagt er. Jetzt, wo die Beerdigung vorbei ist.

– Ja, sagt sie.

– Du mußt dich zusammenreißen, sagt er.

– Ja, sagt sie.

– Möchtest du einen Drink?

– Nein.

– Hast du was dagegen, wenn ich mir einen mache?

Sie schweigt.

– Willst du wirklich keinen?

Sie sieht zu ihm hoch. – Laß mich einfach in Ruhe, sagt sie.

– Tschuldigung, sagt er. Ich wollte nur helfen.

* * *

– Es schließt nicht richtig, sagt Nina.

– Doch.

– Mir hat es die ganze Nacht im Rücken gezogen.

– Es ist zu, sagt Sam. Das hast du dir eingebildet.

– Ich sag dir, es hat gezogen wie Hechtsuppe. Du mußt jemanden kommen lassen, der das repariert.

– Hier ist alles in Ordnung, sagt Sam. Er öffnet die Fenster und macht sie dann fest zu, um es ihr zu beweisen.

– Ich hab dir gesagt, es hat gezogen. Meinst du etwa, ich erzähl das nur?

– Nein, natürlich nicht.

– Dann sei bitte so gut und laß jemanden kommen, der das repariert.

– Jetzt sieh doch mal selbst, sagt er. Es ist so fest geschlossen, wie es nur irgend geht.

– Meinst du etwa, ich erzähl das nur?

– Manchmal bildet man sich was ein.

– Ich sag dir, es hat gezogen.

– Jetzt sieh doch selbst, es ist fest geschlossen.

– Ich hab Liss gebeten, es bei mir zuzumachen, sagt Nina. Weil es so windig war. Aber der Wind kam trotzdem durch. Ich hab ihn die ganze Nacht im Rükken gespürt.

– Halt mal deine Hand hierhin, sagt Sam, und führt sie. Kannst du irgendwas spüren?

– Meinst du etwa, ich erzähl das nur?

– Ich hab nur gesagt, es hat keinen Zweck, jemanden kommen zu lassen.

– Willst du, daß ich einen steifen Nacken bekomme?

– Natürlich nicht.

– Also dann.

– Halt einfach deine Hand hierhin. Fühl mal.

– Der Wind hat sich gelegt.

– Was soll ich deiner Meinung nach jetzt machen?

– Jemanden kommen lassen.

– Warst du richtig zugedeckt?

– Natürlich, sagt sie. Aber das Zimmer ist so klein. Wenn's zieht, spürst du das, egal, wie gut du dich zugedeckt hast.

– Du hast immer gesagt, es wäre so ein großes Zimmer, Nina.

– Nein, sagt sie. Es ist so klein, daß es sich anfühlt, als läge ich direkt unterm Fenster.

– Aber du hast immer gesagt, es wäre so ein großes Zimmer.

– Das kann ich nicht gesagt haben.

– Hast du aber. Die ganze Zeit.

– Dann weiß ich nicht, was ich gesagt hab.

– Egal. Der Wind hat sich ja jetzt gelegt.

– Aber wenn es wieder losgeht.

– Sieh mal. Es ist fest zu.

– Ich will aber nicht. Ich sag dir noch mal, ich hab's genau in meinem Nacken gespürt.

– Na gut, sagt er. Ich schau mal, was sich machen läßt.

– Laß den jungen Mann vom letzten Mal kommen, sagt sie. Der weiß, was zu tun ist.

– Ich schau mal.

– Wenn es wieder windig wird, frier ich mich zu Tode, sagt sie.

– Ich dachte immer, du läßt nachts sowieso das Fenster offen, sagt er.

– Nicht, wenn es windig ist. Ich möchte gern, aber es geht nicht. Nicht in so einem kleinen Zimmer. Ich frier mich zu Tode.

– Ich schau mal, was sich machen läßt.

– Und was haben *Sie* heute morgen gemacht? fragt der Mann.

– Ich? sagt Licia. Nichts.

– Ich war reiten, um sechs, auf den Epsom Downs, sagt der Mann.

– Ach ja?

– Es gibt doch nichts Schöneres als einen Ritt durch den Nebel an einem Frühlingsmorgen, sagt der Mann.

– Ich wußte gar nicht, daß Sie reiten, sagt sie.

– Nichts Schöneres, sagt er. Nichts, was mehr befriedigt.

– Haben Sie ein eigenes Pferd?

– Der Dampf aus den Nüstern des Pferdes mischt sich mit dem Nebel, der aus den Downs aufsteigt, und man hört nichts außer dem Donnern der Hufe.

– Haben Sie ein eigenes Pferd?

– Erstaunt Sie das?

– Ja, sagt sie.

– Wieso?

– Keine Ahnung. Paßte irgendwie nicht in meine Vorstellung.

– Kommen Sie doch irgendwann mal mit.

– Ich kann nicht reiten, sagt sie schnell.

– Das kann man lernen, sagt er.

– Ich nicht.

– O doch. Das kann jeder. Pferde sind fügsame Tiere.

– Ich meine nur, ich kann es mir für mich nicht vorstellen.

– Vielleicht nur deswegen, weil Sie es noch nicht ausprobiert haben.

– Vielleicht, sagt sie. Aber das ist wirklich nichts für mich.

– Manche haben Angst vor Pferden, sagt er. Wegen ihrer Größe. Wegen ihrer Stärke. Aber Pferde sind gefügige Tiere.

– Aber es ist nichts für mich.

– Schade.

– Reiten Sie oft? fragt sie ihn.

– Wann immer sich eine Gelegenheit bietet.

– Und wie oft ist das?

– Hängt davon ab.

– Wovon?

– Von verschiedenen Faktoren.

– Ich laufe lieber, sagt sie.

Er sieht auf seine Hände. – Es gibt kein Gefühl, das dem gleichkommt, sagt er.

Sie schweigt.

– Man muß es erlebt haben, um es zu verstehen.

– Ja wahrscheinlich, sagt sie.

– Sie klingen nicht überzeugt.

– Ich hab nur wahrscheinlich gesagt, sagt sie.

– Natürlich, sagt er, ist es etwas anderes, wenn man sein Leben lang geritten ist.

– Muß wohl, sagt sie.

– Vor dem Frühstück, sagt er. Die schönste Zeit ist vor dem Frühstück. Wenn der Tag noch jung ist und die Downs selbst erst aufzuwachen scheinen.

Sie schweigt.

– Nichts, was dem gleichkommt, sagt er.

– Das glaub ich gern, sagt sie.

– Sie müssen es erlebt haben, um zu wissen, was ich meine.

– Das kann man von allem sagen.

– Auch wieder wahr, sagt er.

– Und Ihre Tochter? sagt sie. Nehmen Sie die manchmal mit?

– Früh übt sich, sagt er. Das ist es. Dann wird es zur zweiten Natur.

– Wie für mich das Laufen, sagt sie.

– Schieb jedes Gefühl der Angst beiseite, sagt er. Es muß aussehen wie die natürlichste Sache der Welt. Und das wird's dann auch.

– Ich weiß gar nicht, woher ich das hab, sagt sie. Meine Eltern laufen beide nicht gern.

– Wenn sie herunterfallen, hilf ihnen hoch, setz sie wieder aufs Pferd, gib ihnen keine Gelegenheit, darüber nachzudenken.

– Ist das nicht gefährlich? sagt sie.

– Nur wenn man Angst hat, sagt er. Nur wenn man den Gedanken an die Angst überhaupt zuläßt.

– Genau das würd ich aber machen, sagt sie. Ich würde auf den Sturz geradezu warten.

– Das kann man so nicht sagen, sagt er. Das können Sie erst sagen, wenn Sie's probiert haben. Vielleicht sind Sie ein Naturtalent.

– Ich nicht, sagt sie.

– Wieso nicht?

– Dafür bin ich nicht der Typ.

– Das können Sie so nicht sagen, sagt er. Nicht bevor Sie's versucht haben.

* * *

– Behandeln sie dich gut? fragt Ella ihren Onkel Simon.

– Was glaubst du wohl?

– Magst du die Schwestern?

– Ich hasse alles hier.

– Kümmern sie sich nicht ordentlich um dich?

– Wozu hab ich mein Leben lang meine Beiträge bezahlt, wenn sich doch keiner darum schert, wenn ich krank werde? sagt Simon.

– Es sieht sehr sauber aus, sagt Ella. Es sieht fröhlich aus.

– Du würdest das sogar in einem Krematorium sagen, Ella, sagt er.

– Würd ich nicht.

– Riechst du denn nichts? sagt er. Hier stinkt's.

– Hier stinkt's nicht.

– Es stinkt nach Krankheit und Verzweiflung, sagt er.

– Nein, hier stinkt überhaupt nichts, sagt sie.

– Ich will raus hier, sagt er. Ella, du mußt mir helfen.

– Die entlassen dich, sobald du wieder gesund bist, sagt sie. Du mußt einfach Geduld haben.

– Ich bin gesund, sagt er. Ich schreib an meinen Abgeordneten. Besorg mir Briefpapier.

– Wozu?

– Ella, sagt er. In Gottes Namen. Hol mich hier raus. Mir ist egal, wie, aber hol mich raus.

– Ganz ruhig, sagt sie. Du darfst dich nicht aufregen.

– Schreie ich denn?

– Du bist auf dem Weg der Besserung, sagt sie. Das hat mir der Arzt persönlich gesagt. Es ist jetzt nur noch eine Frage der Geduld.

– Ich bin aber nicht geduldig, sagt er. Du kennst mich doch, Ella.

– Ich weiß, sagt sie. Gib dir ein bißchen Mühe. Die Quengelei hilft nicht weiter.

– Ich will hier raus, sagt er. Ich hab Angst, daß ich hier nie mehr rauskomme.

– Hast du noch was zu lesen? fragt sie ihn.

– Ich kann nicht lesen.

– Warum nicht? Du bist doch immer eine richtige Leseratte gewesen.

– Ich kann nur in meiner gewohnten Umgebung lesen. In diesem Affenstall hier kann ich nicht lesen.

– Ich finde es angenehm ruhig, sagt sie.

– Dann solltest du mal eine Nacht hier erleben.

– Halten die keine Nachtruhe ein?

– Die brüllen mich an, wenn ich um Ruhe bitte.

– Kann ich mir nicht vorstellen.

– Du kannst dir überhaupt nichts vorstellen, Ella, sagt er. Du mußt deine Nächte nicht hier verbringen.

– Ruhig, sagt sie. Ganz ruhig.

– Ella, sagt er. Ich flehe dich an. Sprich noch mal mit dem Arzt. Sag ihm, daß mir das hier nicht gut tut. Sag ihm, ich muß nach Hause.

– Die schicken dich nach Hause, wenn du soweit bist, sagt sie.

– Auf wessen Seite stehst du eigentlich?

– Das ist doch wohl klar, sagt sie. Die wollen dich gesund machen. Die sind auch nicht daran interessiert, dich einen Tag länger als nötig hierzubehalten.

– Ich sag dir, was die wollen, sagt er. Natürlich wollen die mich hier raushaben, aber mit den Füßen voran, so daß ich sie nie wieder auch nur einen Pfennig koste.

– Sag nicht sowas, sagt sie. Mach mich nicht fertig.

– Und ich? sagt er. Meinst du, ich bin nicht fertig?

– Natürlich bist du fertig, sagt sie. Keiner liegt gern im Krankenhaus. Aber Gottseidank bist du in guten Händen.

– Ich bin in schrecklichen Händen, sagt er.

– Du machst dich ja nur selber krank.

– Klar tu ich das, sagt er. Je länger ich hier liegen muß, desto kränker werde ich.

– Simon, ich bitte dich, sagt sie.

– Was geschieht mit mir? sagt er. Was wird aus mir?

– Du hattest einen leichten Schlaganfall, sagt sie. Und jetzt bist du auf dem Weg der Besserung. Bald bist du wieder mopsfidel und zu Hause und lebst ganz normal weiter.

– Du glaubst auch alles, was man dir erzählt, Ella, sagt er.

– Ach ja? sagt sie.

– Das hier ist ein furchtbarer Schlag für mich, sagt Simon. Da werd ich nie drüber hinwegkommen.

– Aber natürlich wirst du das, sagt sie. Wenn du erst mal entlassen bist, hast du alles im Nu vergessen.

– Nicht solange ich lebe, sagt er. Und wenn es nach denen geht, ist das nicht mehr lange.

– Sag doch nicht sowas, sagt sie.

– Ella, sagt er. Ich flehe dich an, zum letzten Mal. Ich beschwöre dich beim lebendigen Gotte. Hol mich hier raus.

– Ich kann nicht, Simon, sagt sie.

– Warum nicht?

– Wir müssen deine Entlassung abwarten.

– Die werden mich nie entlassen.

– Wenn du soweit bist, daß du entlassen werden kannst, dann entlassen sie dich auch, sagt sie. Meinst du, die beherrschen ihren Job nicht?

– Davon kannst du aber verdammt noch mal ausgehen.

– Unfug, sagt sie. Was glaubst du denn, warum bei denen die Ausbildung so lange dauert?

– Alle Ausbildung dieser Welt hilft denen nicht, sich in meine Lage zu versetzen, sagt er.

– Wenn du dich weiter so anstellst, dann dauert's nur noch länger, sagt sie.

– Erwartest du von mir, daß ich hier liege und mich *aufgebe?* sagt er.

– Sei vernünftig, Simon.

– Die Vernunft und ich sind für immer geschiedene Leute, sagt er.

– Du mußt dich am Riemen reißen, sagt sie. Ich muß jetzt gehen, aber vorher mußt du mir versprechen, daß du dich am Riemen reißt.

Er macht die Augen zu.

– Simon, sagt sie.

Er antwortet nicht.

– Ich komm morgen wieder vorbei, sagt sie.

Sie tätschelt seinen Kopf. – Wiedersehen, mein Lieber, sagt sie.

Er antwortet nicht. Seine Augen bleiben fest geschlossen.

* * *

– Woher weiß man denn, wie sowas anfängt? sagt Freddy.

– Ich verstehe, sagt sie.

– Ganz allmählich, sagt Freddy, wird das, was so reizvoll angefangen hat, lästig, verkehren sich die charmanten Macken in eine Quelle ständigen Ärgers. Und eh man sich's versieht, giftet man sich nur noch an.

– Das tut mir leid, sagt sie.

– Oder, was noch schlimmer ist, sagt er, man unternimmt geradezu heroische Anstrengungen, um höflich zu bleiben.

– Giles und ich haben glücklicherweise ein halbes Jahr nach unserer Hochzeit gemerkt, daß wir nicht zusammenpassen, sagt sie.

– Ich weiß nicht, sagt er. Es gab auch schöne Augenblicke.

– O bitte! sagt sie.

Er lacht.

– Verstehst du?

– Natürlich, sagt er. Du hast ganz recht.

– Was machst du da? sagt sie.

– Ich zieh mich an.

– Schon?

– Ich hab dir's doch erzählt, sagt er. Sie steht immer noch unter Schock. Ihre beste Freundin ist bei einem Busunglück ums Leben gekommen.

– Ja, sagt sie. Das hast du mir beim ersten Mal erzählt.

– Sie braucht mich, sagt er.

– Natürlich, sagt sie.

– Es ist etwas anderes, sagt er, wenn jemand schon vorher lange krank war. Dann kann man sich irgendwie innerlich drauf einstellen.

– Wann sehen wir uns wieder?

– Ist morgen früh genug?

– Es kann nicht früh genug sein, sagt sie.

– Gleiche Zeit?

– Gleiche Zeit.

– Wann hat das angefangen mit Ihrer Müdigkeit? fragt der Mann.

– Keine Ahnung, sagt Licia. Mir ist so, als wär ich mein Leben lang müde gewesen.

– Aber Sie wissen, das stimmt nicht.

– Ich weiß, sagt sie.

Er sitzt auf der einen Seite der Bank und blickt über den Stadtpark.

– Ich versuche mich zu erinnern, wie es vorher war, sagt sie. Aber es geht nicht. Nicht richtig.

– Und das kam aus heiterem Himmel?

– Ich kann mich nicht erinnern, sagt sie. Ich hatte eine furchtbare Erkältung, und seitdem komm ich nicht mehr hoch.

– Nur körperlich? fragt er. Oder auch seelisch?

– Keine Ahnung, sagt sie. Wie wollen Sie das trennen?

Er schweigt.

– Ich wollte einfach nicht mehr arbeiten, sagt sie. Ich hab den Sinn nicht mehr gesehen.

– Aber irgendwann haben Sie mal einen Sinn gesehen.

– Oh, ich war absolut bei der Sache. Ich hab viel gearbeitet.

Er schweigt.

– Das scheint eine Ewigkeit her, sagt sie.

– Vielleicht wachen Sie ja morgen auf und fühlen sich genau wie früher, sagt er.

– Ja, sagt sie.

– Aber Sie glauben nicht dran.

– Nein, sagt sie.

– Wir müssen alle zwischendurch eine Pause einlegen, sagt er. Mal auftanken.

– Ja, sagt sie.

– Wir können nicht immer im selben Trott weitermachen.

– Meinem Vater paßt das gar nicht, sagt sie.

– Ihrem Vater?

– Ihm paßt das gar nicht.

– Und das stört Sie?

– Ich möcht so gern, daß er mich versteht.

– Ist Ihnen das wichtig?

Sie denkt nach.

– Und? sagt er.

– Ja, sagt sie.

– Warum?

– Weil er mein Vater ist.

– Wahrscheinlich, sagt er, nimmt er das persönlich.

– Genau, sagt sie.

– So ist das mit Vätern.

– Nein, sagt sie. Sie verstehen das nicht.

– Verstehe, sagt er.

– Nein, sagt sie.

Sie steht auf.

– Ich muß los, sagt sie.

– Sie stehen immer so plötzlich auf, sagt er. Als wär's danach zu spät.

– Wirklich? sagt sie.

– Ja.

– Na, in jedem Fall muß ich los. Auf Wiedersehen.

Er verbeugt sich in ihre Richtung, steht aber nicht auf.

* * *

– Nein, sagt Julie. Er ist noch nicht zurück.

– Wo ist er?

– Das wüßte ich auch gern, sagt Julie.

– Julie, sagt Ella. Geht's dir gut?

– Mir geht's prima, Ella, sagt Julie. Prima.

– Du klingst aber komisch.

– Mir geht's prima.

– Ehrlich?

– Mir geht's prima, Ella.

– Hast du nicht Lust vorbeizukommen?

– Vorbeizukommen? Wozu?

– Einfach so. Auf einen Schwatz. Auf eine Tasse Tee.

– Nein nein. Mir geht's prima. Wirklich.

– Hat er nichts gesagt, wann er zurückkommt?

– Nein, Ella.

– Und du hast keine Ahnung, wo er sein könnte?

– Nein.

– Könntest du ihm bitte ausrichten, daß er mich anruft, wenn er zurück ist?

– Egal, wann er kommt?

– Was meinst du mit egal, wann er kommt?

– Ich meine, Ella, auch wenn es nachts um zwei ist?

– Kommt er erst nachts um zwei zurück?

– Ich weiß es nicht, Ella, sagt Julie. Ich weiß nicht, wann er nach Hause kommt.

– Wenn er nach elf kommt, sag ihm, er soll morgen anrufen.

– Vielleicht seh ich ihn gar nicht mehr, sagt Julie. Vielleicht schlaf ich dann schon.

– Julie, sagt Ella. Was redest du da?

– Ich rede von Freddy. Ich brauch auch meinen Schlaf, sagt sie. Ich muß morgen früh zur Arbeit.

– Willst du damit sagen, daß er vielleicht nach Hause kommt, wenn du schon schläfst, und noch schläft, wenn du schon aus dem Haus bist?

– Ja vielleicht, Ella.

– Das habe ich nicht gewußt, sagt Ella.

– Was gewußt?

– Aber wenn er bald kommt, sag ihm, daß er mich anrufen soll, sagt Ella. Ja?

– Mach ich, Ella, sagt Julie. Mach ich.

– Julie, sagt Ella, geht's dir wirklich gut?

– Warum sollte es mir nicht gut gehen? sagt Julie.

– Ich weiß nicht. Du klingst so komisch.

– Nein, Ella, sagt Julie. Das bildest du dir ein. Ich finde, ich klinge überhaupt nicht komisch.

– Ehrlich, Julie?

– Was meinst du mit ehrlich?

– Du klingst so komisch.

– Alles in Ordnung, Ella.

– Dann ist ja gut, sagt Ella. Gute Nacht, Liebes. Und vergiß nicht, ihm das auszurichten.

– Falls ich ihn sehe, sagt Julie.

– Sonst ruf ich morgen wieder an.

– Wiedersehen, Ella.

– Gute Nacht, Julie.

Ella legt den Hörer auf. – Er ist nicht da, sagt sie zu ihrem Mann.

– Soviel hab ich mitgekriegt, sagt Sam.

– Sie klang so komisch.

– Soviel hab ich mitgekriegt.

– Sie hat dauernd Ella zu mir gesagt.

– Ella?

– Sie hat gesagt, er ist vielleicht nicht vor zwei zurück.

– Zwei Uhr nachts?

– Hat sie gesagt.

– Nancys Tod hat sie fertiggemacht.

– Was macht er denn bis zwei Uhr nachts? sagt sie.

– Und sie weiß es auch nicht?

– Sie hat nur gesagt, daß er vielleicht nicht vor zwei zurück ist.

– Vielleicht muß er zwischendurch einfach mal rauskommen.

– Meinst du, ich soll mal vorbeigehen und sie besuchen?

– Nein, sagt er.

– Meinst du nicht?

– Nein, sagt er.

– Nicht jetzt, sagt sie. Ich meine morgen.

– Oh, sagt er. Ich dachte, du meinst jetzt.

– Ich glaub, ich mach das, sagt sie. Am Telefon ist es immer so schwierig.

– Ich wollte wissen, wie's dir geht.

– Mir geht's gut.

– Wirklich?

– Aber ja.

– Das wollt ich nur wissen.

– Jetzt weißt du's.

– Können wir uns mal treffen, Liss?

– Im Augenblick hab ich viel zu tun.

– Viel zu tun?

– Ja.

– Ich dachte, im Augenblick machst du gar nichts?

– Ach so?

– Ich dachte nur… ob du nicht Zeit hast, daß wir uns mal treffen?

– Eher nicht, Robin.

– Vor ein paar Tagen hab ich Freddy getroffen. Er hat gesagt, dir geht's gut.

– Stimmt.

– Dann ist gut. Ich hatte mir schon Sorgen gemacht.

– Sorgen gemacht?

– Ich hab versucht, dich zu erreichen. Deine Mutter hat dir das sicher ausgerichtet.

– Ja.

– Hat sie dir gesagt, daß ich angerufen hab?

– Ja.

– Ich hatte um deinen Rückruf gebeten.

– Ich hatte viel zu tun.

– Was machst du denn gerade, Liss?

– So alles mögliche.

– Du willst mir nicht sagen, was?

– Nein.

– Und läuft's gut?

– Bestens.

– Und wir können uns nicht mal treffen?

– Eher nicht, nein.

– Nur auf eine Tasse Kaffee?

– Eher nicht.

– Ich würde wirklich gerne mit dir reden.

– Du redest mit mir.

– Ich meine, von Angesicht zu Angesicht.

– Tut mir leid. Ich hab viel zu tun.

– Du willst mir nicht sagen, was du gerade machst?

– Nein.

– Ach so.

– War's das?

– Ich wollte nur wissen, wie's dir geht.

– Mir geht's gut.

– Dann ist gut.

– Mach's gut.

– Mach's gut, Liss. Und – falls du's dir anders überlegst. Ich meine, wenn ich mal auf einen Kaffee oder so...

– Jaja.

– Meine Nummer hast du.

– Ja, Robin.

– Schön, dann mach's gut.

– Du auch.

* * *

Freddy geht mit seiner Schwester im Stadtpark spazieren.

– Sie kann es so gut mit den Kindern, sagt Freddy.

– Ach ja.

– Du klingst skeptisch.

– Dasselbe hast du damals von Petra gesagt.

– Das war was anderes.

– Ja?

– Bei Ness hat das sowas Instinktsicheres, sagt Freddy.

– Du hast gesagt, das vor allem hätte dich für Petra eingenommen, sagt Licia.

– Wie bitte?

– Ihr instinktsicherer Umgang mit Kindern.

– Das kann ich nicht gesagt haben, sagt Freddy. Wenn irgend jemand keine Ahnung von Kindern hat, dann Petra.

– Aha.

– Sie ist mir eine echte Stütze gewesen, sagt Freddy. Du weißt ja nicht, was ich die letzten Wochen zu Hause durchgemacht habe.

– Was?

– Dieser Unfall hat uns nicht näher gebracht, sagt

er. Ich hab versucht, Anteil zu nehmen, dabei bin ich mir die ganze Zeit wie ein Heuchler vorgekommen. Ich mochte Nancy nicht besonders.

– Weiß ich.

– Dann kannst du dir meine Lage ja vorstellen, sagt er.

– Ja, sagt sie.

– Aber auch sonst, sagt er. Alles läuft schief. Ein Gespräch kann noch so normal anfangen, irgendwann kommt immer der Punkt, an dem uns plötzlich alles komisch vorkommt, aber trotzdem reden wir dann weiter und tun auch noch so, als hätten wir nichts gemerkt.

– Du kannst nicht erwarten, daß sie auch noch Beifall klatscht.

– Beifall wofür?

– Daß du jetzt mit Ness was angefangen hast.

– Ich hab mit Ness nichts angefangen.

– Wie nennt man das dann?

– Es ist nicht so, wie du denkst, sagt er.

Sie setzen sich auf eine Bank.

– Mir wäre es lieber, wir würden uns streiten, sagt er.

– Ja, sagt sie.

– Eigentlich möchte ich nicht darüber reden.

– Nicht?

– Nein, wirklich nicht. Wie geht's Simon?

– Unverändert, sagt sie. Sie wollen ihn nicht entlassen, solange sie nicht sicher sind, daß er nicht noch einen kriegt, und je länger sie ihn dabehalten, um so verzweifelter wird er. Ella kriegt wieder das meiste ab, wie immer.

– Hast du ihn mal besucht?

– Nein.

– Ich auch nicht. Ich schreib gerade für Tony das Vorwort zu diesem Katalog.

– Ich hab keine Entschuldigung.

– So war das nicht gemeint.

– Irgendwie scheine ich sogar verlernt zu haben, wie man U-Bahn oder Bus fährt, sagt sie.

– So schlimm?

– Da ist nichts besonders Schlimmes dran. Ich scheine einfach nur verlernt zu haben, wie man U-Bahn oder Bus fährt, das ist alles. Ich kann zum Stadtpark laufen, mich auf die Bank setzen und den Himmel ankucken. Schön. Dann lauf ich nach Hause. Auch schön. Und setz mich in einen Sessel. Kann nicht lesen. Kann nicht denken. Kann nicht schreiben. Kann nicht mal wirklich mit jemandem reden.

– Aber du redest doch.

– Ja, mit dir geht's.

– Mit Sam oder Ella nicht?

– Nein.

– Warum ziehst du nicht aus? Ich besorg dir was.

– Schaff ich nicht.

– Warum nicht?

– Mir fehlt die Energie. Außerdem ist es nett, sich von Ella bekochen zu lassen.

– Verstehe. Aber wenn du dich ein bißchen anstrengen würdest…

– Ich weiß nicht mehr, wie das geht, sich anstrengen, sagt sie. Allein der Gedanke daran, was so eine Anstrengung mit sich bringen könnte, versetzt mich in Panik. Ich weiß nicht, bei welchem Körperteil bei mir eine Schocktherapie ansetzen müßte. Irgendwie komm ich nur über die Runden, wenn ich im Hier und Jetzt lebe. Sobald ich über irgend etwas in der Zukunft nachdenke, bin ich überfordert. Das ist doch nicht normal, oder?

– Was sagt der Arzt?

– Dasselbe wie du.

– Daß du dich anstrengen sollst?

– Ja.

– Scheiße.

– Genau.

– Warum gehst du nicht noch zu einem anderen?

– Bin ich ja.

– Ja. Hast du mir erzählt. Ich dachte nur, vielleicht solltest du noch einen…

– Ich bin zu müde, sagt sie. Bei Tisch hab ich nach zehn Minuten Mühe, den Kopf oben zu halten.

– Ist mir nie aufgefallen.

– Es geht, wenn ich draußen bin. Oder rede. Aber gerade wenn wir am Tisch sitzen und essen, wird mein Kopf plötzlich zu schwer für meinen Hals oder mein Hals zu schlapp, um den Kopf oben zu halten.

– Vielleicht liegt's an Sam.

– Er ist wohl einer der Gründe.

– Er ändert sich nicht.

– Ich weiß, sagt sie.

– Wenn ich bloß dies Vorwort hinter mir hätte, sagt er nach einer Weile, dann würd ich vielleicht klarer sehen. Aber solang ich das noch vor mir hab...

– Was würdest du dann klarer sehen?

– Alles.

– Du weißt, daß das nicht stimmt, sagt sie.

– Warum nicht?

– Da käme gerad das nächste Vorwort.

– Ja, sagt er. Da hast du auch wieder recht.

– So ist es immer, sagt sie.

– Ich möchte gern, daß du Ness kennenlernst.

– Ach ja?

– Ich glaube, ihr würdet euch gut verstehen.

– Wie kommst du darauf?

– Ich glaube, ihr hättet einen Draht zueinander. Ich möchte gern, daß sie dich kennenlernt.

– Lieber nicht, sagt sie.

– Es liegt mir aber dran. Sie interessiert sich sehr für Fotografie.

– Mit Fotografie hab ich nichts mehr am Hut.

– Unsinn.

– Gestorben, sagt sie. Für mich ist die ganze Fotografiererei gestorben.

– Sag das nicht.

– Aber es stimmt.

– Für immer?

– Ja.

– Na dann, sagt er.

* * *

– Wir wollten gerade los ins Schwimmbad, sagt Julie.

– Ich will dich auch gar nicht aufhalten, sagt Ella.

– Wir sind spät dran, sagt Julie. Wir suchen nur noch die Badesachen.

– Laß sie nicht zu lange drin, sagt Ella.

– Das macht denen nichts, sagt Julie.

– Chlor ist nicht gut für die Augen, sagt Ella.

– Das macht denen nichts, sagt Julie. Nicht in dem Alter.

– Spielt das Alter eine Rolle? sagt Ella.

Julie sieht auf ihre Uhr.

– Ich hab dir was mitgebracht, sagt Ella. Sie gibt ihr eine Plastiktüte.

Julie schaut hinein. – Oh, sagt sie. Vielen Dank.

– Um ihn aufzuladen, brauchst du ihn nur in der Halterung zu lassen und den Stecker einzustecken, sagt Ella. Du kannst den Stecker drinlassen, wenn du ihn nicht benutzt. Der stellt sich automatisch ab, wenn er aufgeladen ist.

Julie stellt sich unten an die Treppe und ruft: – Becky! Joe!

Sie geht zurück zur Haustür.

– Sam saugt damit die Krümel vom Tisch, du, sagt Ella.

– Danke, sagt Julie.

– Aber fürs Auto ist er auch gut zu gebrauchen, sagt Ella.

Julie sieht auf ihre Uhr.

– Ich wollte eigentlich mit dir reden, sagt Ella.

– Wir sind spät dran, sagt Julie.

– Du klangst gestern abend so… sagt Ella. Am Telefon… Ich wollte nur wissen, ob…

Die Kinder kommen die Treppe heruntergerannt.

– Na, ihr Lieben? sagt Ella.

– Los, sagt Julie. Ab ins Auto. Wir sind spät dran.

– Hallo Oma.

– Hallo Oma.

– Los, sagt Julie. Und danke noch mal, sagt sie zu Ella. Bitte entschuldige. Wir sind spät dran.

– Einfach nur einstecken, sagt Ella. Er stellt sich automatisch ab, wenn er aufgeladen ist.

– Sie ist nicht da, sagt Sam.

– Ich wollte nur wissen, wie's ihr geht, sagt Robin.

Sam hält den Hörer weiter weg und blickt sich im Zimmer um.

– Wie geht es ihr? fragt Robin nach einer Weile.

– Wie immer, sagt Sam.

– Das tut mir leid, sagt Robin.

– Warum?

– Es tut mir leid, daß es ihr nicht besser geht.

– Ihr fehlt doch gar nichts, sagt Sam.

– Ich hatte den Eindruck, daß sie deprimiert ist.

– Sie ist nicht deprimiert, sagt Sam.

– Nein?

– Nein.

– Da bin ich aber froh, sagt Robin.

Sam fährt mit seiner Zunge über die Zähne und sucht in den Lücken nach möglichen Speiseresten.

– Richten Sie's ihr aus? sagt Robin.

– Was denn?

– Daß ich angerufen und gefragt hab, wie's ihr geht.

– Wenn ich das behalten kann, sagt Sam.

– Ja natürlich.

– War's das?

– Ja.

Sam legt den Hörer auf. – Das war wieder dieser Spinner, sagt er zu seiner Frau.

– Wer?

– Robin Iles.

– Er ist kein Spinner.

– Der ist nicht ganz dicht.

– Ich hoffe, du warst nicht grob zu ihm.

– Ich?

– Du hast aber grob geklungen.

– Ich?

– Er ist immer so überaus höflich, sagt sie.

– Ich hätte nicht gedacht, sagt er, daß meine Tochter mit achtundzwanzig immer noch Anrufe von Männern bekommt, mit denen sie gar nichts zu tun haben will.

– Du könntest dir Mühe geben, etwas netter zu ihm zu sein, sagt sie. Es gibt keinen Grund, grob zu sein.

– Meine Urgroßmutter war mit achtundzwanzig schon Großmutter, sagt er.

– Damals hat man jung geheiratet.

– Wie lange soll das alles noch so weitergehen? sagt er. Das möcht ich wirklich wissen. Wie lange noch?

– Du mußt mehr Geduld mit ihr haben, sagt sie.

– Geduld? sagt er. Ich und Geduld?

– Es ist nicht ihre Schuld, sagt sie.

– Wessen Schuld ist es dann? sagt er. Meine?

* * *

– Möchtest du noch einen? fragt Julie ihre Schwester.

– Nein danke.

– Ich aber, sagt Julie.

– Meinst du, das ist wirklich gut für dich?

– Warum zum Teufel sollte es nicht gut für mich sein?

– War ja nur eine Frage, sagt ihre Schwester.

– Warum nicht?

– Du weißt, warum.

– Sag's mir.

– Das hat sich angehört, als wolltest du dich selbst bestrafen.

– Das nennst du Selbstbestrafung, wenn ich noch einen Doughnut esse?

– Du weißt genau, was ich meine, Julie.

Julie steht auf und geht an die Theke. Sie kommt mit einem Doughnut zurück. Sie ißt ihn schweigend auf.

– Ich seh nicht ein, warum nicht, wenn's mir schmeckt, sagt sie.

Ihre Schwester nippt an ihrem Kaffee und blickt sie über den Tassenrand an.

– Fertig, sagt Julie und schiebt den Teller weg. Das war gut, sagt sie. Sie wischt sich die Lippen mit einer Papierserviette ab.

– Ich seh nicht ein, warum nicht, wenn's mir schmeckt, sagt sie.

– Vergiß es, sagt ihre Schwester.

– Vergiß was?

– Vergiß, daß ich überhaupt etwas gesagt habe.

– Was hast du denn gesagt?

– Es paßt nicht zu dir, sagt ihre Schwester.

– Was paßt nicht zu mir?

– Daß du dich derart gehenläßt.

– *Ich* laß mich gehen?

Ihre Schwester sieht auf die Uhr.

Julie streckt die Hand über den Tisch aus und legt sie auf ihren Arm.

– Du willst doch noch nicht gehen? sagt sie.

– Ich muß los.

– Erst wenn du mir gesagt hast, was du eben gemeint hast.

– Du weißt, was ich gemeint hab.

– Nein, sagt Julie.

Ihre Schwester steht auf.

– Du willst also nicht mit mir reden?

– Ach komm, sagt ihre Schwester.

– Die Dame geruht nicht mehr mit mir zu reden?

– Ach komm! sagt ihre Schwester.

– Also gut, sagt Julie. Lassen wir's.

– Ich muß noch ein paar Sachen abholen, sagt ihre Schwester.

– Jaja.

– Und du?

– Was und ich?

– Bleibst du noch?

– Ich trink noch einen Kaffee.

– Na schön, sagt ihre Schwester.

– Ich hab's nicht eilig, sagt Julie. Ich hab den ganzen Tag für mich.

– Dann tschüß, sagt ihre Schwester.

Julie winkt ihr flüchtig zu.

– Tschüß, sagt ihre Schwester noch einmal.

* * *

– Es ist der Gestank hier, den ich nicht aushalten kann, sagt Simon. Dieser abgestandene Gestank. Der Alte-Leute-Mief.

– Ich riech nichts, sagt Freddy.

– Du riechst nichts?

– Nein.

– Würdest du aber, wenn du Tag und Nacht hier ans Bett gefesselt wärst und wüßtest, du kommst hier nie wieder raus.

– In ein paar Tagen bist du draußen, sagt Freddy.

– Nie im Leben, sagt Simon.

– Sag das nicht.

– Nie im Leben, sagt Simon noch einmal. Nie im Leben komm ich hier lebend wieder raus.

– Aber sicher, sagt Freddy.

– Ich sag dir: nie im Leben.

Freddy schaut sich im Krankenzimmer um.

– Deine Mutter, sagt Simon. Die hat mich denen *ausgeliefert* bis ans Ende meiner Tage.

– Was redest du da? sagt Freddy.

– Sie hat hier etwas unterschrieben, sagt Simon. Sie hat mich denen *überantwortet.*

– Ich hab mit dem Arzt gesprochen, sagt Freddy. Wenn du weiter so gute Fortschritte machst, bist du Ende der Woche raus.

– Das sagen sie *dir,* sagt Simon.

– Warum sollten die mich anlügen?

Der alte Mann schweigt und starrt an die Decke.

– Die wollen dich genauso schnell wieder draußen haben wie wir, sagt Freddy. Ehrenwort.

– Mit den Füßen voran, sagt Simon. Mit den Füßen voran.

– Komm, hör auf damit, sagt Freddy.

– Ich kann nicht mehr kämpfen, sagt Simon. Ich hab nicht mehr die Kraft, gegen sie anzukämpfen.

– Warum solltest du gegen sie ankämpfen? sagt Freddy. Die sind genauso scharf darauf, daß du gesund wirst, wie wir.

– Weißt du, wie lange das her ist, daß ich das letzte Mal gesund war? fragt ihn Simon.

– Wie lange?

– Fünfzig Jahre, sagt Simon. Das habe ich dieses Jahr gefeiert: fünfzig Jahre Kranksein.

– Du bist der fitteste Achtzigjährige, den ich kenne.

– Soll das ein Kompliment sein?

– Das ist eine Feststellung.

– Mit welchem Arzt hast du gesprochen?

– Keine Ahnung, wie der heißt. Er ist für dich zuständig. Ein Inder, glaub ich.

– Du weißt nicht mal, wie er heißt? Du sagst, du kümmerst dich um mich, und dann kümmert es dich nicht mal, wie der Arzt heißt, der mich behandelt?

– Tut mir leid.

– Da haben wir's.

– Und wie heißt er?

– Nasseem. Dr. Nasseem.

– Genau. Nasseem.

– En, ah –

– Ich weiß, wie man's schreibt, sagt Freddy.

– Wirklich?

– Du siehst viel besser aus, als ich erwartet hatte, sagt Freddy.

– Was hat denn deine Mutter erzählt? Daß ich aussehe wie eine Leiche?

– Eine Leiche?

– Hat sie das gesagt?

– Ich glaub sogar, du hast zugenommen.

– Wer hat dir das gesagt?

– Der Arzt.

– Nasseem?

– Wenn du es sagst.

– Sticht dir denn nicht der Verwesungsgestank in die Nase? fragt ihn der alte Mann.

– Nein.

– Die abgestandene Luft des Verfalls?

– Nein.

– Sie hat mein Todesurteil unterschrieben, sagt er.

– Ach was.

– Genau das hat sie getan. Man muß den Tatsachen ins Auge sehen.

– Ich muß jetzt los, sagt Freddy.

– Jaja.

– Wir sehen uns nächste Woche zu Hause.

– Über diese Dinge scherzt man nicht.

– Wer macht hier Scherze? Ende der Woche bist du zu Hause.

– Unterm Rasen.

– Freut mich, daß du so gut drauf bist.

– Bin nie besser drauf gewesen.

– Denn bis dann.

– Denn bis dann, mein Junge.

– Liest du mir heute abend was vor?

– Nein, heute abend liest Mami dir was vor.

– Und warum du nicht?

– Weil ich weg muß.

– Wohin?

– Arbeiten.

– Warum liest du mir nicht was vor, bevor du arbeiten gehst?

– Weil Mami dran ist.

– Ich mag nicht, wie die liest.

– Sag nicht sowas.

– Die verstellt ihre Stimme immer so komisch.

– Ich hab dir gesagt, sag nicht sowas.

– Der will dich nur ärgern, sagt Becky.

– Fang du auch noch an, sagt Freddy.

– Macht er wohl.

– Schluß jetzt. Alle beide.

– Was machst du denn heute abend?

– Hab ich doch gesagt: arbeiten.

– Was arbeitest du denn?

– Du weißt genau, was ich arbeite.

– Bilder ankucken?

– Ja.
– Das nennst du Arbeit?
– Ich muß anschließend etwas darüber schreiben.
– Er ist Kunstkritiker.
– Weiß ich.
– Warum fragst du dann?
– Darum.
– Du weißt nämlich nicht, was ein Kunstkritiker ist.
– Weiß ich wohl.
– Was denn?
– Liest du mir morgen was vor?
– Was denn?
– Laß ihn in Ruhe.
– Wann kommt Mami nach Hause?
– Gleich.
– Liest du mir morgen was vor?
– Ja.
– Vom Fischer und seiner Frau?
– Ja.
– Sie kommt zu spät, sagt Becky.
– Los, sagt Freddy. Aufessen.
– Ich mag nicht mehr.
– Stell dich nicht an.
– Da ist sie ja.
– Sie kommt zu spät, sagt das kleine Mädchen.

* * *

– Endlich hab ich sie erreicht, sagt Robin.
– Ah ja?

– Wie geht's ihr?
– Ich denk, du hast sie erreicht?
– Wir haben nur telefoniert.
– Hat sie nicht gesagt, wie's ihr geht?
– Sie hat gesagt, es geht ihr gut.
– Dann geht's ihr gut.
– Was meinst du denn, wie's ihr geht?
– Gut.
– Dann geht's ihr also gut?
– Mhm.
– Sie hat gesagt, ihr geht's gut.
– Ja, sagt Freddy. Ihr geht's gut.
– Sie trifft aber niemanden?
– Was meinst du mit trifft aber niemanden?
– Hat sich wohl eher zurückgezogen.
– Ja?
– Ich glaube, ja.
– Aha.
– Du siehst sie also auch nicht so oft?
– Nein.
– Ich dachte, ihr versteht euch so gut.
– Tun wir auch.
– Aber du siehst sie nicht oft.
– Nein.
– Ich dachte, ihr seht euch oft.
– Nein.
– Wie kommt's?
– Wir haben beide viel zu tun.
– Sie hat also viel zu tun?
– Soviel ich weiß, ja.

– Was macht sie denn?

– Keine Ahnung. Sie hat ständig zu tun.

– Sie klang irgendwie traurig, sagt Robin.

– Ach ja?

– Ich hatte den Eindruck.

– Von ihrer Stimme?

– Ja, und…

– Und was?

– Sie wirkte so schrecklich abweisend, sagt Robin.

– Nein nein, sagt Freddy. Das bildest du dir ein.

– Ach ja?

– Ja.

– Glaubst du, ich sollte vielleicht mal in nächster Zeit bei ihr vorbeischauen?

– Nein. Das finde ich keine gute Idee.

– Glaubst du, sie braucht Zeit, um zu sich zu kommen?

– Um zu sich zu kommen?

– Ich meine, so in aller Ruhe.

– Ich würde nicht einfach so vorbeigehen, sagt Freddy. Nicht ohne sie vorher zu fragen, meine ich.

– Auch nicht, wenn's nur ganz kurz ist?

– Ich finde das keine gute Idee.

– Nein, wahrscheinlich hast du recht.

– Ich bin sicher, sie meldet sich. Wenn sie dich sehen will.

– Glaubst du?

– Ja. Das glaube ich.

– Ich hatte das Gefühl, sie möchte nicht gestört werden, sagt Robin. Aber andererseits dachte ich, vielleicht will sie mal auf andere Gedanken gebracht werden, irgendwie.

– Nein, sagt Freddy. Das glaub ich kaum.

– Ich dachte, vielleicht merkt sie nicht, daß ihr im Grunde nur ein bißchen Ablenkung fehlt. Ein schöner Abend. Irgend sowas.

– Hast du sie gefragt?

– Ich bin nicht ganz dazu gekommen. Ich war nicht sicher...

– Nein, sagt Freddy. Ich bin sicher, daß sie das selber vorgeschlagen hätte, wenn es das wäre.

– Ich dachte, vielleicht merkt sie einfach nicht...

– Nein, sagt Freddy. Ich finde das keine gute Idee.

– Ich war mir ja auch nicht sicher, sagt Robin. Darum hab ich ja auch nicht...

– Nein, sagt Freddy.

– Was nein?

– Ich bin sicher, du hast das richtig gemacht.

– Sie nicht zu drängen?

– Genau.

– Das hab ich mir auch überlegt, aber ich wollte dich lieber noch mal fragen. Nach allem, was du...

– Nein, sagt Freddy. Ich bin sicher, das hast du richtig gemacht.

– Da bin ich froh, sagt Robin.

– Ganz sicher, das hast du ganz richtig gemacht.

– Da bin ich froh.

* * *

– Ich wollte dich nicht erschrecken, sagt Ella.

– Mich erschrecken?

– Ich dachte, du kommst vielleicht spät nach Hause, sagt sie. Ich wollte dich nicht erschrecken.

– Wieso erschrecken? sagt er.

– Bei all den Sorgen, die du im Augenblick hast, sagt sie.

– Was für Sorgen?

– Du weißt, was ich meine.

– Ich weiß nicht, wovon du sprichst, sagt Freddy. Was wolltest du sagen?

– Es geht um Simon, sagt sie.

– Simon?

– Es geht ihm gut, sagt sie. Die Ärzte sagen, sein Zustand ist im Moment stabil. Aber du weißt ja, wie die sind.

– Was meinst du damit? sagt er. Was ist passiert?

– Du weißt doch, wie er ist, sagt sie.

– Was meinst du denn bloß?

– Die ganze Zeit hat er gejammert, daß sie ihn mit Gewalt dabehalten, sagt sie. Dann ist er mitten in der Nacht einfach aufgestanden und hat versucht auszubüxen.

– Er hat versucht auszubüxen?

– Er hat es geschafft, an der Nachtschwester vorbeizukommen, sagt sie, und die Treppe runterzugehen, dann hat ihn aber eine andere Schwester aufgehalten und gefragt, was er da macht. Er hat ihr gesagt, er geht jetzt nach Hause, und sie hat versucht, ihn zurückzuhalten. Er hatte ja seinen Schlafanzug an, das kam ihr natürlich verdächtig vor. Also sind sie aneinandergeraten, und sie ist gestürzt und...

– Simon hat die Schwester zusammengeschlagen?

– Sie hat versucht, ihn wieder nach oben zu bringen, und da ist er in Panik geraten. Sie...

– Hat er sie verletzt?

– Nicht schlimm, nein.

– Er ist verrückt.

– Er ist in Panik geraten, sagt sie. Das ist normal. Er wollte da raus. Er dachte, die wollen ihn einfach dabehalten, obwohl er doch vollkommen gesund ist. Er dachte, die wollen ihn dabehalten, bis er tot ist.

– Er hat die Schwester zusammengeschlagen?

– Naja, es kam zu einem kleinen Handgemenge, als er aus dem Aufzug steigen sollte. Die sind zusammen mit dem Aufzug wieder nach oben gefahren, verstehst du? Sie hat versucht, ihn rauszuschieben, und dann sind sie aneinandergeraten. Er hat sich nur verteidigt.

– Der ist gemeingefährlich.

– Er war ein bißchen durcheinander, sagt sie.

– Und dann?

– Naja, dann ist sie hingefallen und hat geschrien, und dann kam ihr ein Pfleger zur Hilfe. Er hat Simon gepackt, woraufhin er dem auch noch eine verpaßt hat, und dann...

– Er hat das ganze Krankenhaus zusammengeschlagen?

– Er wollte nur nach Hause, bevor es zu spät ist, sagt sie.

– Und dann?

– Ich weiß auch nicht, sagt sie. Er hat ihn mit beiden Händen am Hals gepackt und...

– Wer? Wer hat wen mit beiden Händen am Hals gepackt?

– Der Pfleger. Er wollte ihn nur zurückhalten. Simon hatte ihn ins Gesicht geschlagen, so daß er Nasenbluten bekam.

– Der Pfleger?

– Ja. Und dann...

– Ach du lieber Gott! sagt Freddy.

– Und dann ist er irgendwie zusammengebrochen und...

– Wer?

– Simon. Plötzlich ist er zusammengebrochen und ohnmächtig geworden. Die vom Krankenhaus sagen, es wär ganz allein seine Schuld. Er hat ein bißchen überreagiert.

– Und dann?

– Dann haben sie ihn wieder ins Bett gesteckt, aber er ist nicht wieder zu Bewußtsein gekommen. Sie lehnen jede Verantwortung ab.

– Ist er *tot?*

– Nein nein. Er ist dann irgendwann wieder zu sich gekommen. Aber er kann irgendwie nicht mehr richtig sprechen.

– Hatte er einen Schlaganfall?

– Die haben nicht gesagt, was er hat. Nur, daß es seine eigene Schuld ist.

– Natürlich ist es seine eigene Schuld.

– Sie denken aber, daß sich alles wieder einrenkt nach einer Weile.

– Hast du ihn schon besucht?

– Ich war gerade da. Er würde sich so freuen, wenn du ihn besuchst.

– Aber ich war letzte Woche da.

– Letzte Woche war es nicht nötig.

– Was meinst du damit, nicht nötig? Du hattest mich gebeten, ihn zu besuchen. Das hat mich einen ganzen Tag gekostet.

– Du würdest mir einen wirklich großen Gefallen tun.

– Er kann mich nicht ausstehen.

– Ganz im Gegenteil, sagt sie. Du weißt, er kann dich am besten leiden.

– Er kann niemanden leiden. Außer sich selbst.

– Freddy, bitte.

– Wenn er sich erholen soll, muß man ihn in Ruhe lassen.

– Liss geht auch hin.

– Du zwingst also jeden, da hinzugehen?

– Ich zwinge niemanden zu irgend etwas. Wie kannst du so etwas sagen?

– Keine Ahnung.

– Er hat doch sonst niemanden, sagt sie.

– Er hat dich.

– Freddy, bitte.

– Er hat sich mit seinem Egoismus jeden zum Feind gemacht.

– Bitte.

– Hast du nicht gesagt, es geht ihm schon besser?

– Eigentlich sieht er wesentlich schlechter aus als letzte Woche.

– Aber es geht ihm schon besser?

– Das sagen die im Krankenhaus. Ich glaub's aber nicht. Wenn du mich fragst, sieht er gar nicht gut aus.

– Glaubst du, daß er stirbt?

– Ich weiß nicht, sagt sie. Ich glaube, er hat den Lebensmut verloren.

– Ich glaub denen. Die kennen sich aus.

– Die spielen alles runter, in ihrem eigenen Interesse, sagt sie. Die haben Angst, daß wir sie verklagen.

– Und ich hätte gedacht, die verklagen ihn, sagt er. Es hört sich doch an, als hätte er den größten Scheiß gebaut, den man sich nur vorstellen kann.

– Er hat nur Angst gehabt, sagt sie. Er wollte nach Hause.

– Und da hat er mal eben eine Schwester zusammengeschlagen und einem Pfleger die Fresse poliert?!

– Er hat's doch nicht extra gemacht, sagt sie. Er hat nur Angst gehabt.

– Kann er überhaupt sprechen?

– Ein bißchen. Aber nicht sehr deutlich.

– Was hat er gesagt?

– Er hat vor sich hingemurmelt, daß er am Ende ist, sagt sie. Ich hab's kaum ausgehalten.

– Hat Sam ihn auch besucht?

– Er war dabei.

– Was sagt der?

– Er glaubt, er macht es nicht mehr lang.

– Da seid ihr also einer Meinung?

– Bitte besuch ihn doch, sagt sie.

– Na schön.

– Morgen, wenn's geht, sagt sie. Vielleicht macht er's nicht mehr lange.

– Hier ist dein Tee, sagt Licia.

– Ich hoffe, du hast dir auch welchen gemacht, sagt Nina.

– Hab ich.

– Dann stell alles auf den Tisch und schenk ein, ja?

– Möchtest du ein Stück von Ellas Kuchen?

– Nur einen Keks, Liebes. Ist dir nicht kalt bei dem offenen Fenster?

– Überhaupt nicht.

– Bist du heute schon im Stadtpark gewesen?

– Ja.

– War's schön?

– Ja. Ein bißchen zu heiß.

– Ja, mir ist es auch zu heiß. Trotz Sonnenschirm.

– Hier ist es doch schön kühl, sagt Licia.

– *Mir* gefällt's, sagt Nina.

– Möchtest du noch eine Tasse?

– Ja bitte.

– Und noch einen Keks?

– Nein danke. Bei dem Wetter hab ich keinen Hunger. Und du?

– Ich auch nicht.

– Was schaust du da an?

– Das Foto da.

– Das hast du gemacht.

– Weiß ich.

– Und warum schaust du's dann an?

– Ich weiß auch nicht. Mir war auf einmal danach.

– Du hast es mir geschenkt.

– Du hast mich drum gebeten.

– Stimmt. Hab ich.

– Es ist einer von deinen Bäumen.

– Ja.

– Kannst du dich noch erinnern, wo du's gemacht hast?

– Ja.

– Wo war das?

– Windsor Great Park.

– Ach ja. Stimmt.

– Möchtest du noch eine Tasse?

– Nein danke, Liebes.

– Das ist das Tolle am Fotografieren, sagt Licia. Es lehrt einen, genau hinzusehen. Nicht aufs Foto. Auf die Welt.

Sie setzt ihre Tasse ab.

– Was siehst du mich so an?

– Nur so.

– Was siehst du?

– Weiß ich nicht.

– Genau, sagt Licia. Genau so ist es, Nina.

– Wieso?

– Du weißt wieso.
– Ja, Liebes. Ich weiß.

* * *

– Und, wie steht's? fragt Freddy.
– Beschissen, sagt Simon.
– Du siehst gar nicht so schlecht aus, sagt Freddy.
– Ach nein?
– Du siehst sogar ziemlich gut aus.
– Es heißt ja, wenn du tot bist, geht's dir gut, sagt Simon.
– Ach ja?
– Shakespeare. *Macbeth.*
– Wirklich? *Macbeth?*

Der alte Mann liegt auf dem Rücken, die Augen geschlossen.

– Ich hab gehört, du wirst Ende der Woche entlassen, sagt Freddy.
– Nie im Leben, sagt Simon. Nie im Leben.
– Na komm.
– Dafür werden die schon sorgen.
– Ich dachte, du hättest jetzt ein Einzelzimmer.
– Du machst wohl Witze.
– Dann halten sie dich wohl doch nicht für so gefährlich.
– Ich? sagt Simon. Und gefährlich?
– Nach allem, was du angestellt hast.
– Ich? Angestellt?
– Angeblich bist du ja über die Schwestern hergefallen.

– Die Zeiten sind vorbei.

– Das hoff ich doch.

– Für immer vorbei.

– Ich wünschte, ich könnt's glauben.

– Du bist wohl froh, wenn ich tot bin?

– Du meinst, du fühlst dich nur lebendig, solange du über Schwestern herfallen kannst?

– Hab ich das gesagt?

– Nein. Aber gemeint.

– Ich bin über keine Schwester hergefallen.

– Da hab ich aber etwas anderes gehört.

– Du hast ja keine Ahnung, was das hier für Menschen sind, sagt Simon. Aber ich kann nicht mehr gegen die ankämpfen. Ich gebe auf. Sie haben gewonnen.

– Du hättest gar nicht erst versuchen sollen, gegen sie anzukämpfen.

– Ich wollte nach Hause.

– Du hast unverantwortlich gehandelt.

– Du hast ja keine Ahnung, was hier los ist. Wenn man nicht abhaut, solange man noch kann, kommt man hier im Leben nicht mehr raus.

– Unsinn. Ende der Woche bist du draußen.

– Das werden wir ja sehen.

– Willst du denn nicht raus?

– Sicher will ich raus. Aber sie lassen mich nicht. Wart's nur ab.

– Warten wir's ab.

– Ich hab mich nur verteidigt.

– Du hast das ganze Personal zusammengeschlagen, soweit ich das mitbekommen hab.

– Und Spaß hat's gebracht, sagt er.

– Spaß gebracht?

– Ich muß gestehen, ja.

– Über wehrlose Frauen herfallen? Das macht dir Spaß?

– Wehrlos? Wer ist hier wehrlos? Ich im Schlafanzug und Pantoffeln, und die in glänzenden Uniformen und großen schweren Stiefeln. Ich kann dir versichern, das war kein ganz faires Spiel.

– Trotzdem hast du ganz schön was angerichtet. Ich kann bloß hoffen, daß du nicht noch mal über sie herfällst.

– Ich hab dir schon gesagt, sagt er. Diese Zeiten sind vorbei. Dafür haben die schon gesorgt.

– Und wann hatten die begonnen?

– Bist du gekommen, um mit mir zu streiten?

– Nein nein, Simon. Ich wollte nur sehen, wie es dir geht.

– Da siehst du's.

– Ich bin sehr zufrieden.

– Zufrieden, daß du eine Leiche siehst?

– Zufrieden, daß es dir so gut geht.

– Das hätte ich nie von dir gedacht, sagt er.

– Was denn?

– Dafür gibt es ein Wort.

– Wofür?

– Nekrophil nennt man das.

– Nekrophil?

– Genau. Einer, der auf Leichen steht. So einer bist du.

Freddy steht auf.

– Gehst du? sagt Simon. Jetzt schon?

– Tut mir leid.

– Schon gut. Danke für den Besuch.

– Wir sehen uns bei dir zu Hause, sagt Freddy.

– Nekrophil, sagt Simon. Ich hätte nie gedacht, daß ich einen nekrophilen Großneffen habe.

– Das Leben ist eben voller Überraschungen, sagt Freddy.

– Das kannst du aber laut sagen.

– Tschüß, Simon.

– Wiedersehen, mein Junge.

– Ich dachte schon, Sie kommen überhaupt nicht mehr, sagt der Mann.

– Nein, sagt sie.

– Ich dachte schon, Sie haben mich verlassen.

Sie lacht.

– Sie haben mir gefehlt, sagt er.

Sie schweigt.

– Komisch, sagt er. Vor ein paar Monaten habe ich Sie noch gar nicht gekannt. Und ich kenne Sie immer noch nicht. Aber als Sie nicht mehr hergekommen sind, haben Sie mir gefehlt.

– Reine Gewohnheit, sagt sie.

– Wahrscheinlich, sagt er.

– Mein Großonkel ist fast gestorben, sagt sie.

– Wie alt ist er?

– Achtzig und noch was.

– Geht's ihm wieder gut?

– Im Moment schon.

– Was ist passiert?

– Er hatte einen leichten Schlaganfall und mußte ins Krankenhaus, sagt sie.

– Und jetzt ist er wieder zu Hause?

– Da hat es ihm gar nicht gefallen. Er hat nicht begriffen, warum er dort sein muß. Er ist über eine Schwester hergefallen.

– Dann kann er aber so krank nicht gewesen sein.

– Stimmt, sagt sie. Scheint so.

– Ich hoffe doch, sie wurde nicht ernsthaft verletzt.

– Sie haben keine große Geschichte draus gemacht.

– In dem Alter geht man ja nicht mehr gern ins Gefängnis, sagt der Mann.

– Oh, sagt sie. Ich glaube nicht, daß es so weit gekommen wäre. Sie wollte ihn wieder ins Bett bringen, und er hat sie weggeschubst.

– Macht er sowas öfter?

– Er hat die Angewohnheit, immer mit dem Kopf durch die Wand zu gehen.

– Ah, sagt er. Eine gefährliche Angewohnheit.

Sie schweigt.

– Ich dachte schon, Sie gehen jetzt woanders hin, sagt der Mann.

– Nein nein, sagt sie. Das hier ist mein Park.

– Und ich hatte schon Angst, daß Sie wegen mir nicht mehr herkommen.

– Nein nein, sagt sie.

Er schweigt. Dann sagt er: – Lebt er allein?

– Wer?

– Ihr Onkel.

– Großonkel.

– Großonkel.

– Er will es so, sagt sie. Seit dem Tod seiner Frau hat er so gelebt.

– Keine Kinder?

– Nein. Wir sind die nächsten Verwandten.

– Eine ganz schöne Verantwortung.

– Bei sowas blüht meine Mutter erst richtig auf.

– Ja?

– Außerdem ist er ziemlich unabhängig. Man könnte sogar sagen, er ist zwanghaft unabhängig.

– Ah ja.

– Er kommt immer sonntags zum Mittagessen.

– Zu Ihnen?

– Zu meinen Eltern.

– Wohnen Sie bei Ihren Eltern?

– Im Moment schon.

– Und das stört Sie nicht?

– Nein, sagt sie. Das stört mich nicht.

* * *

– Mir ist ja egal, mit wem du dich herumtreibst, sagt Julie, aber laß die Kinder aus dem Spiel.

– Was redest du da? sagt Freddy.

– Das weißt du genau, sagt Julie.

– Meine liebe Julie, sagt er. Ich weiß nicht...

– Hör auf, sagt sie. Du hast gehört, was ich gesagt habe.

– Gehört, was du gesagt hast? Ich weiß überhaupt nicht, wovon du redest.

– Doch, das weißt du ganz genau, sagt sie. Ich will nicht, daß du deine Mädels mit unseren Kindern zusammenbringst.

– Die Kinder mögen sie aber.

– Das ist mir egal.

– Und sie mag sie.

– Du weißt genau, was ich meine, sagt sie. Wenn du etwas mit den Kindern unternimmst, dann unternimmst *du* etwas mit ihnen, und sonst niemand.

– Ich bin einsam. Wenn du schon nicht mitkommst, suche ich mir eben jemand anders.

– Ich muß arbeiten.

– Sag ich ja.

– Zum letzten Mal, sagt sie. Ich dulde das nicht.

– Warum nicht?

– Es paßt mir nicht.

– Wenn du dich mal dazu herablassen könntest, sie kennenzulernen, dann würdest du selbst merken, wie töricht du daherredest.

– Ich will sie nicht kennenlernen.

– Auch gut.

– Und ich will nicht, daß du die Kinder zu ihr mitnimmst.

– Und ich hab da gar kein Wörtchen mitzureden?

– Nein.

– Warum nicht?

– Das Recht hast du dir verspielt.

– Deiner Meinung nach.

– Genau.

– Und das findest du nicht ein bißchen unlogisch?

– Nein.

– Ich aber.

– Schade für dich.

– Finde ich auch.

– Das darf nicht noch mal passieren.

– Und wenn doch?

– Wag es nur, sagt sie. Wag es nur, dann wirst du schon sehen.

– Wer wagt, gewinnt, sagt er.

* * *

– Genau hier, sagt Ella. Genau über meiner Brust.

– Da?

– Genau hier.

– Und was genau spürst du da? fragt Sam.

– Es tut irgendwie weh, sagt sie. So ein stechender Schmerz.

– Vielleicht stimmt was mit deiner Verdauung nicht.

– Verdauung? Im Herzen?

– Du meinst nur, es ist das Herz.

– Wenn du das hättest, würdest du anders reden.

– Du hast dir zuviel zugemutet, sagt er. Du warst doch völlig aus dem Häuschen wegen Simon.

– Das hat es einfach nur schlimmer gemacht, sagt sie. Genau hier, sagt sie noch mal und führt seine Hand.

– Leg dich hin.

– Wenn ich liege, wird's noch schlimmer.

– Dann bleib stehen.

– Meinst du nicht, ich sollte mal zum Arzt gehen?

– Warum nicht?

– Aber meinst du wirklich?

– Warum nicht? Wenn dich das beruhigt.

– Da ist man doch nur eine Nummer, sagt sie. Die nehmen sich doch nie Zeit für einen.

– Und weißt du auch, warum? sagt er. Weil ihnen viel zu viele mit ihren eingebildeten Wehwehchen die Zeit stehlen.

– Manche haben aber wirklich etwas, sagt sie.

– Die meisten aber nicht.

– Sie sollten sich trotzdem die Zeit nehmen, sagt sie. Man *weiß* doch nicht, ob etwas eingebildet ist oder nicht.

– Was hast du jetzt vor?

– Weiß ich nicht, sagt sie.

– Das geht vorbei, sagt er. Du hast wahrscheinlich zu schnell gegessen.

– Ich hab das aber schon länger.

– Warum hast du nichts gesagt?

– Ich dachte, es geht vorbei.

– Du hast wahrscheinlich zu schnell gegessen.

– Ich habe noch nie zu schnell gegessen.

– Mit dem Alter ändert sich so manches.

– Früher hatte ich es nur ab und zu, sagt sie. Jetzt geht es überhaupt nicht mehr weg.

– Dann geh zum Arzt.

– Der hört doch sowieso nicht zu.

– Dann versuch nicht dran zu denken.

– Geht nicht, sagt sie. Es tut so weh.

– Vielleicht kann er dir etwas verschreiben.

– Was denn?

– Woher soll ich das wissen? Bin ich Arzt?

– Ich glaube, ich warte noch einen Tag, sagt sie. Was machst du da?

– Ich koche Tee.

– Das mach ich schon, sagt sie. Ich mach das.

– Aber es passiert ja nichts.

– Tut mir leid.

– Laß mich mal machen.

– Nein nein. Laß mich.

– Na gut, sagt er. Aber dann mach auch.

– Ja, sagt sie. Ich warte noch einen Tag.

* * *

– Nein, sagt Licia.

– Nur ein kleines gemütliches Abendessen, sagt Robin.

– Nein, sagt Licia.

– Kann ich nicht kurz vorbeikommen? Nur auf einen Sprung?

– Nein.

– Geht's dir gut, Liss? sagt er.

– Jaja, sagt sie. Bestens.

– Du klingst aber komisch.

– Ja?

– Du hörst dich ja nicht selbst.

– Nein nein, sagt sie. Alles bestens.

– Kürzlich hab ich Freddy getroffen, sagt er. Er meinte, du wärst gar nicht gut drauf.

– Ach ja?

– Angedeutet hat er's jedenfalls.

– Dann muß ich mal mit ihm reden, sagt sie. Er

hat kein Recht, mißverständliche Auskünfte zu geben.

– Vielleicht hab ich ihn ja mißverstanden.

– Ja, sagt sie. Ganz sicher hast du ihn mißverstanden.

– Ich hab das Gefühl, du hast Probleme mit der Familie.

– Ich will nicht darüber sprechen.

– Tschuldigung.

Sie schweigt.

– Ich will ja nicht lästig werden, Liss, sagt er. Du sollst nur wissen, daß du immer auf mich zählen kannst.

– Wobei?

– Bei allem, sagt er. Bei überhaupt allem.

– Ich werd's mir merken, sagt sie.

– Ich würde dir so gern helfen, Liss, sagt er.

– Ich brauche keine Hilfe.

– Nein nein. Natürlich nicht. Aber falls doch. Du sollst nur wissen, daß du immer auf mich zählen kannst.

– Danke, sagt sie.

– Ganz ehrlich.

Sie schweigt.

– Liss, sagt er.

– Ja?

– Du sollst einfach spüren, daß du mit mir ganz offen über alles sprechen kannst, sagt er.

– Weiß ich, sagt sie.

– Sag mir ruhig, wenn ich lästig werde.

– Ja.
– Ehrlich, Liss.
– Ich weiß.
– Du willst also nicht mit mir sprechen?
– Im Augenblick nicht.
– Ach so.
Sie schweigt.
– Na dann, mach's gut, sagt er.
– Mach's gut.

– Gehst du raus? sagt Ella zu ihrer Mutter. Bei dem Wetter?

– Hab ich mich je vom Wetter abhalten lassen?

– Es gießt in Strömen.

– Ich hab einen Schirm.

– Ich geh gleich einkaufen, sagt Ella. Sag mir einfach, was du brauchst...

– Ich geh rauf zum Stadtpark.

– Zum Stadtpark? Bei dem Wetter?

– Ich hab einen Schirm.

– Hast du gesehen, wie das draußen gießt?

– Wie oft muß ich dir das noch sagen? sagt Nina. In England kann man keine Rücksicht aufs Wetter nehmen, wenn man etwas getan kriegen will.

– Die geht spazieren, sagt Ella zu Sam. Bei dem Wetter.

– Wenn es ihr Spaß macht.

– Sie erzählt dauernd, daß sie das schon immer gemacht hat, aber das stimmt einfach nicht.

– Sie ist doch nicht aus Zucker.

– Sie kann sich den Tod holen.

– Da muß schon mehr passieren, daß der Tod sie holt, sagt Sam.

– Sie sieht es einfach nicht ein, sagt Ella. Sie meint immer, sie hätte irgendwas ihr Leben lang getan, wenn sie erst gestern damit angefangen hat. Ich kann sagen, was ich will.

– Es ist ihr Leben, sagt Sam.

– Ich hätte sie nicht gehen lassen dürfen, sagt Ella.

– Sie macht sowieso, was sie will, sagt Sam.

– Sie hört einfach nicht zu.

– Das kannst du aber laut sagen, sagt Sam.

– Ist Liss in ihrem Zimmer?

– Woher soll ich das wissen? sagt Sam.

– Glaubst du, die ist bei dem Wetter auch zum Stadtpark rauf?

– Ich würd's ihr glatt zutrauen.

– Vielleicht ist sie in die Bibliothek gegangen.

– Da war sie gestern.

– Vielleicht hat sie ihr Buch ausgelesen.

– Ausgelesen? sagt er. Sie liest überhaupt nicht mehr.

– Vielleicht hat sie gemerkt, daß sie es schon kannte. Oder vielleicht hat sie die ganze Nacht gelesen.

– Wenn sie wenigstens überhaupt lesen würde, sagt er. Sie sitzt doch nur mit dem aufgeschlagenen Buch herum. Ich hab sie beobachtet, sagt er. Sie tut nicht mal so, als ob sie liest. Sie blättert nicht einmal um.

– Warum sollte sie so tun? sagt Ella. Wir sind doch unter uns.

– Sie versucht's erst gar nicht, sagt er.

– Sie ist müde, sagt Ella. Das Lesen strengt sie an.

– Ich bin der, der hier müde ist, sagt er. Ich bin müde, wenn ich nur das Wort müde höre. Will das endlich in deinen Kopf?

– Sie kann doch nichts dafür.

– Dann muß sie zum Arzt.

– Da war sie schon.

– Und hat er etwas gefunden? sagt Sam. Nein. Nichts. Alles eingebildet. Da oben.

– Ich trau dem Mann nicht, sagt sie.

– So? sagt er. Sie war bei mehreren Ärzten. Die sagen alle dasselbe. Traust du keinem von denen?

– Was können die schon wissen? sagt sie. Die stekken nicht drin.

– Das nennt man Medizin, sagt er. Das bedeutet sieben Jahre harte Ausbildung. Die kennen sich genau aus. Und was sagen sie? Unisono? Nichts. Gar nichts. Alles Einbildung.

– Sie braucht einfach ein bißchen Ruhe, sagt Ella. Ruhe und Zeit, um sich ihre Gedanken zu machen.

– Das sagt sie aber nicht, sagt er. Sie sagt, sie ist müde. Punkt. Und was soll das heißen?

– Weiß ich nicht, sagt Ella.

– Himmel, hilf, sagt er. Ich auch nicht.

– Geduld, sagt Ella. Hab einfach ein bißchen Geduld mit ihr. Dann gibt sich das schon von selber.

– Ein Tritt in den Hintern, sagt Sam. Das würde eher helfen.

– Sam, bitte, sagt sie.

– Hast du etwa Zweifel, daß ich nur das Beste für

sie will? sagt er. Hab ich nicht immer nur das Beste für sie gewollt?

– Sam, bitte, sagt sie. Gib ihr Zeit.

– Wie kann ich ihr geben, was ich selbst nicht habe?

* * *

– Aber warum? sagt Nessa.

– Weil sie es nicht gern hat.

– Und ich? sagt Nessa. Ich zähl wohl gar nicht?

– Natürlich zählst du, sagt er.

– Das sieht aber gar nicht danach aus, sagt sie.

– Du mußt auch ihren Standpunkt verstehen, sagt Freddy.

– Und was ist *dein* Standpunkt? sagt sie.

– Ness, bitte, sagt er.

– Ich hab mich so darauf gefreut, sagt sie.

– Du mußt ihren Standpunkt verstehen, wiederholt er.

– Ich hab deine Kinder *gern,* sagt sie. Ich bin *gern* mit ihnen zusammen.

– Das freut mich, sagt er.

– Warum darf ich dann nicht mitkommen?

– Weil ich es Julie versprochen habe.

– Es sind doch auch deine Kinder.

– Darum geht es nicht.

– Doch, genau darum geht es.

– Ich habe es ihr versprochen, sagt er.

– Aber ich frag doch bloß, warum, sagt sie.

– Weil ich ihren Standpunkt verstehen kann.

– Und meinen kannst du nicht verstehen?

– Doch, natürlich.

– Ja, und?

– Wir sollten jetzt nicht weiter streiten.

– Du willst mir damit sagen, daß ihr Standpunkt wichtiger ist als meiner.

– Das hab ich nicht gesagt.

– Aber gemeint.

– Was die Kinder angeht, ja.

– Aber die haben doch nichts dagegen.

– Das ist es ja, sagt er. Es würde die Sache leichter für sie machen, wenn sie dich nicht so gern hätten. Das mußt du doch einsehen.

– Nein, sagt sie. Kann ich nicht.

– Was soll ich denn jetzt machen?

– Jetzt nichts mehr. Aber du hättest an mich denken können, als du's ihr versprochen hast.

– Es würde alles nichts machen, wenn sie dich nicht so gern hätten, wiederholt er.

– Das versteh ich ja, sagt sie. Ich frag mich nur, an wievielter Stelle ich bei dir komme, mehr nicht.

– Ness, bitte!

– Nämlich an gar keiner, sagt sie.

– Wie bitte?

– Ist doch wahr. Du hast mir eben überdeutlich gemacht, wie es aussieht.

– Du weißt, daß das nicht wahr ist.

– Aber es ist wahr, sagt sie. Wenn es wirklich drauf ankommt, dann ist die nackte Wahrheit, daß ich überhaupt nicht zähle, und damit finde ich mich nicht ab. Hab ich mich da klar ausgedrückt?

– Ness, sagt er.

– Es ist meine Schuld, sagt sie. Ich hätte mich erst gar nicht darauf einlassen sollen.

– Ja, sagt er. Das ist deine Schuld.

– Ist das alles, was du mir zu sagen hast?

– Wenn du auf dieser Ebene weitermachst, ja.

– Ich würde ja nicht auf dieser Ebene weitermachen, sagt sie, wenn du mich nicht auf diese Ebene herunterziehen würdest.

– Ich zieh überhaupt niemanden irgendwohin, sagt er.

– Warum nimmst du dein Versprechen nicht zurück? sagt sie.

– Ness, sagt er.

– Dann eben nicht, sagt sie. Aber erwarte bitte nicht, daß ich daneben stehe und Beifall klatsche.

– Ich weiß gar nicht, wie es so weit kommen konnte, sagt er.

– Das weißt du sehr gut, sagt sie. Aber du willst nichts dagegen tun.

Er schweigt.

– Oder? sagt sie.

– Nein, sagt er.

– Hier stinkt's, sagt Simon.

– Ich mach die Fenster auf.

– Hier stinkt's schlimmer als im Krankenhaus.

– Es wird besser, sobald ich alle Fenster aufgemacht habe.

– Wenigstens hatte ich mich dort allmählich dran gewöhnt.

– Du gewöhnst dich auch hier wieder dran, sagt Ella. Immerhin sind es deine eigenen vier Wände.

– Ich fühl mich wie ein Gespenst, sagt er. Als ob ich gar kein Recht mehr hätte, hier zu sein.

– Sobald du dich eingelebt hast, fühlst du dich wieder wohl, sagt sie.

– Ich wette, du hast nicht damit gerechnet, daß ich noch mal rauskomme, sagt er.

– Sei nicht albern.

– Und ich wette, die Nachbarn auch nicht.

– Du warst nur zwei Wochen weg.

– Es kommt mir vor wie eine Ewigkeit, sagt er. Was machst du da?

– Ich mach dir eine Tasse Tee.

– Ein Gespenst, sagt er. Als ob ich gar nicht das Recht hätte, hier zu sein. Als ob ich unter der Tür hereingekrochen wäre.

– Du machst dich ja selber krank, sagt sie.

– Als ob ich dort gestorben wäre und mich noch mal zurückschleiche, um einen letzten Blick in meine Bude zu werfen.

– Sobald du dich ordentlich ausgeschlafen hast, geht's dir wieder besser, sagt sie. Hier ist dein Tee.

– Die Möbel haben mich nicht erwartet, sagt er. Die haben alle ein neues Leben erwartet, neue Bewohner.

– Hier. Trink deinen Tee.

– Wenn man lange irgendwo gewohnt hat, sagt er, nimmt man das gar nicht mehr wahr. Es ist alles ganz selbstverständlich. Aber wenn sowas passiert, wenn du dem Tod noch mal eben von der Schippe gesprungen bist, so wie ich, dann merkst du erst, wie seltsam alles ist.

– Du wirst dich im Nu wieder an alles gewöhnen, sagt sie.

– Da hab ich meine Zweifel, sagt er. Nicht nachdem ich gemerkt habe, wie seltsam das alles ist, wie… vergänglich.

– Trink deinen Tee, bevor er kalt wird, sagt sie.

– Es wäre besser gewesen, einen sauberen Strich drunter zu ziehen, sagt er.

– Als du im Krankenhaus warst, wolltest du um alles in der Welt rauskommen, sagt sie. Und jetzt jammerst du nur.

– Ich jammer nicht, sagt er. Immer bringst du alles durcheinander. Ich stelle nur fest.

– Der Geruch ist schon weg, sagt sie. Das war nur, weil mehrere Tage nicht gelüftet worden war.

– Wenn ich heute ins Bett gehe, werde ich denken: es hat nicht damit gerechnet, daß ich je wieder hier drin liege. Es hatte mich schon vergessen. Ich sollte ihm das nicht antun.

– Steiger dich jetzt nicht in irgendwas rein, sagt sie.

– Wenn ich mich in den Sessel setze, sagt er, dann komme ich mir vor wie ein Eindringling. Als ob ich das nicht sollte. Als ob ich alles entweihe, indem ich mich hier aufhalte.

– Jetzt komm mal wieder runter, sagt sie. Weißt du noch, wie du dir nichts sehnlicher gewünscht hast, als wieder nach Hause zu kommen?

– Jetzt ist es zu spät, sagt er.

– Es ist nicht zu spät.

– Doch, Ella.

– Hast du mich nicht angefleht, dich nach Hause zu holen? Hast du mich nicht angebrüllt, weil du dachtest, ich würde dich extra da liegen lassen?

– Das stimmt, sagt er. Aber es ändert nichts. Ich habe die Schwelle überschritten, sagt er. Ich habe die Schwelle zum Jenseits überschritten.

– So ein Unfug, sagt sie.

– Es gibt gewisse Türen, sagt er, wenn man die öffnet, ist nichts mehr wie vorher.

– Möchtest du noch eine Tasse Tee?

Er hält ihr seine Tasse hin. – Ist nichts mehr wie vorher, wiederholt er.

– Mit dieser Einstellung machst du's dir nur schwer, sagt sie.

– Ich seh nur der Wahrheit ins Angesicht, Ella.

– Ich muß bald los, sagt sie. Kommst du klar?

– Hängt davon ab, was du unter klar verstehst.

– Dein Kühlschrank ist jedenfalls voll, sagt sie. Ich glaube, du hast alles, was du brauchst.

– Hängt davon ab, was du unter klar verstehst, wiederholt er.

– Ich ruf dich heute abend an, sagt sie.

– Ein Gespenst wird drangehen.

– Schön.

– Seine Stimme wird meine Stimme sein.

– Hast du wirklich alles, was du brauchst?

– Keiner hat alles, was er braucht, meine Liebe.

– Und wir sehen uns morgen.

– Du und das Gespenst, sagt er. Du triffst das Gespenst. Er sieht mir so ähnlich, daß du gar keinen Unterschied merkst. Etwas klappriger vielleicht, noch verschrumpelter, aber das kann man alles aufs Alter schieben und auf den Schock über das, was ihm gerade widerfahren ist.

– Schön, sagt sie. Dann sehen wir uns morgen.

* * *

– Ich bin müde, sagt sie.

– Wo? fragt ihr Vater.

– Überall.

– Immer? fragt er.

– Immer.

– Es könnte nicht schaden, wenn du dich mal ein bißchen zusammenreißen würdest, sagt er.

– Geht nicht, sagt sie.

– Sie ist eine interessante Person.

– Ich weiß.

– Es ist alles organisiert, sagt er. Fahrtkosten werden übernommen. Der Verlag zahlt alles.

– Du willst mich einfach nicht verstehen.

– Du würdest ihr einen Gefallen tun und dir selbst sowieso.

– Nein, sagt sie.

– Nur die paar Gärten, sagt er. Das machst du doch im Schlaf.

– Ich will aber keine Gärten fotografieren.

– Es hat mich verdammt viel Zeit gekostet, das zu organisieren, sagt er.

Sie schweigt.

– Es war gar nicht einfach, sagt er.

Sie schweigt.

– Das ist doch spannend, sagt er. Und wer weiß, wenn du dir erst einmal einen Ruck gibst, dann kehren die Lebensgeister vielleicht wieder zurück.

– Ich will mir keinen Ruck geben.

– Das ist vielleicht deine letzte Chance.

– Ich will gar keine Chance.

– Sie bewundert deine Arbeit, sagt er.

– Es ist nicht meine Arbeit.

– Wessen denn? sagt er. Meine etwa?

– Ich hab dir gesagt, du sollst dir keine Mühe geben, sagt sie. Ich hab dir gesagt, ich mach es nicht.

– Sie rechnet mit dir, sagt er. Der Verlag rechnet mit dir.

– Ich hab dir gesagt, ich mach es nicht.

– Du sollst ihr doch bloß aus der Klemme helfen.

– Ich will ihr nicht helfen.

– Was willst du dann?

– Nichts.

– Nichts. Das machst du doch schon die ganze Zeit, sagt er. Jetzt ist der Augenblick gekommen, etwas zu tun.

– Ich bin müde, sagt sie. Ich würd's ja machen, wenn ich nicht so müde wäre.

– Sag doch auch mal was, sagt er. Sag ihr, daß sie's machen soll.

– Aber wenn sie doch müde ist, sagt Ella.

– Ich hab's satt, mir dieses ewige *Ich bin müde* noch länger anzuhören, sagt er. Ich hab ihr das aus dem Nichts besorgt, eine goldene Brücke, und das ist nun der Dank.

– Ich hab's dir von Anfang an gesagt, sagt sie. Ich hab dir gesagt, daß ich es nicht machen will.

– Also muß ich dich hier bis an mein Lebensende durchfüttern? sagt er.

– Sam, sagt seine Frau.

– Sie ist achtundzwanzig, sagt er. Eine erwachsene Frau. Und sie benimmt sich wie eine Zwölfjährige.

– Sie ist müde, sagt Ella.

– Sag noch einmal müde! schreit er plötzlich. Ich

will dieses Wort nie wieder hören. Haben wir uns da verstanden?

Sie schweigen.

– Was soll ich ihr denn jetzt sagen? fragt er seine Tochter. Was soll ich jetzt sagen, nachdem ich schon zugesagt habe?

– Ich hab nie gesagt, daß ich's mache.

– Soll ich ihr etwa sagen, du bist zu müde? Soll ich ihr sagen, eine erwachsene Frau von achtundzwanzig Jahren ist zu *müde,* ein paar Gärten zu fotografieren? Erwartest du von mir, daß ich ihr das sage? Was glaubst du, wie ich dastehe? Zu müde, um bezahlten Urlaub zu machen? Zu müde, ein paar Bilder zu knipsen?

– Sam, sagt seine Frau.

– Na? sagt er. Was soll ich jetzt sagen?

– Du sagst ihr, es war ein Mißverständnis.

– Ein Mißverständnis? Nachdem ich ihr schon zugesagt habe?

– Ich hab nie gesagt, daß ich's mache.

– Du hast nicht gesagt, daß du's nicht machst.

– Doch, hab ich wohl. Von Anfang an.

– Das muß ich wohl überhört haben.

– Ich hab's dir gesagt. Ich will nie wieder fotografieren.

– Und kannst du mir auch erklären, wieso?

– Nein.

– Was soll das jetzt wieder heißen?

– Keine Ahnung.

– In zehn Minuten ruft sie an, sagt er. Was soll ich bloß sagen?

– Sag ihr, ich mach's nicht.

– Und wenn sie mich nach dem Grund fragt?

– Sag ihr die Wahrheit.

– Und was ist die Wahrheit?

– Sag ihr, ich bin müde. Sag ihr, daß ich nicht mehr fotografiere.

– Das soll ich ihr wirklich sagen?

Sie schweigt.

– Ich hab dich was gefragt, sagt er.

– Ja, sagt sie. Sag ihr das.

– Wir haben Mutter nur zweimal am Tag zu Gesicht bekommen, sagt Nina. Einmal am Vormittag und dann, wenn sie kam, um uns einen Gutenachtkuß zu geben. Manchmal hat sie uns mitgenommen, wenn sie zum Tee eingeladen war.

– Toll, sagt Julie.

– So war das damals, sagt Nina. Unsere eigentliche Mutter war das Kindermädchen. Sie hat uns das Haar gebürstet und angezogen, und sie ist mit uns spazierengegangen und hat uns vorgelesen und ausgezogen und ins Bett gebracht.

– Haben die beiden sich gut verstanden? fragt Julie.

– Es ging so, sagt Nina. Natürlich gab's Spannungen. Das haben sogar wir gemerkt. Aber sie haben sich auch gegenseitig respektiert.

– Schwer vorstellbar, sagt Julie.

– Eine Bildstörung, sagt Simon zu Freddy. Im nachhinein kommt es mir vor wie eine kurze Bildstörung, nichts weiter.

– Ein Ausschnitt aus dem reichgewirkten Teppich des Lebens, sagt Freddy.

– Genau, sagt Simon. Du nimmst mir das Wort aus dem Mund.

– Im Grunde eher kleiner Urlaub, sagt Freddy.

– So könnte man es auch ausdrücken, sagt Simon. Auf jeden Fall habe ich mich lange nicht so wohl gefühlt.

– Es war einmal, sagt Sam. Ich komme nie über *Es war einmal* hinaus.

– Kommst du wohl, sagt Joe. Wenn du willst.

– Warte mal, sagt Sam. Was kommt nach *Es war einmal?*

– Ein Riese.

– Es war einmal ein Riese? Und was hat der Riese gemacht?

– Er hat Menschen gefressen.

– Menschen gefressen? Mit Haut und Haar?

– Die Knochen hat er ausgespuckt. Die haben sich in einer Ecke des Hauses gestapelt.

– Aber erst, nachdem er sie sauber abgenagt hat.

– Was heißt genagt?

– So.

– Weiter.

– Also paß auf. Es war einmal ein Riese, der fraß Menschen. Die Knochen nagte er sauber ab und warf sie auf einen Haufen in einer Ecke seines Hauses. Und langsam wurde der Haufen immer größer.

– Und das hat ein Geräusch gemacht.

– Was hat ein Geräusch gemacht?

– Wenn er den nächsten Knochen auf den großen Haufen geworfen hat.

– Und ob. So ein dumpfes Geräusch. Dann ein helles Geräusch. Und er fällt gerade durch den ganzen Knochenhaufen. Bong. Klack. Klack. Klack. Stille.

– Und dann hört man den nur nagen und schmatzen.

– Natürlich. Es war ja sonst niemand da, also mußte er nicht auf Tischmanieren achten.

– Und er hat das Essen über sein Kinn kleckern lassen.

– Den Pullover dreckig gemacht.

– Die Hose versaut.

– Der Geruch im Haus war ekelhaft, aber das merkte der Riese nicht, weil er viel zu sehr mit seinem Essen beschäftigt war.

– Laß die Finger vom Kuchen, Spätzchen, sagt Ella.

– Kann ich jetzt ein Stück haben? fragt Becky.

– Wenn du versprichst, es nicht weiterzusagen.

– Versprochen.

– Paß auf, wenn ich das jetzt hier so abschneide, merkt keiner was, und dann kriegst du das kleine Stück.

– Kann ich nicht das hier haben?

– Na gut, Liebes. Aber nicht die Hände am Kleid abwischen.

– Hast du den selber gemacht, Oma?

– Aber natürlich. Soll ich dir mal zeigen, wie das geht?

– Au ja.

– Dann komm nächstes Mal etwas früher her, dann bring ich's dir bei.

– Mami macht nie Kuchen.

– Nur Omas machen Kuchen, sagt Ella.

– Warum?

– So ist das eben.

– Dann kann ich keine Kuchen machen, bis ich Oma bin?

– Omas und kleine Mädchen. Sonst niemand.

– Die Mutter von Pam macht aber Kuchen. Die sind aber nicht so gut wie deine.

– Ich meine nur gute Kuchen. Nur Omas und kleine Mädchen machen wirklich gute Kuchen.

– Das hab ich nie gesagt, sagt Freddy.

– Hab ich auch nicht geglaubt, sagt Licia.

– Warum erzählt er dann sowas?

Sie hebt die Schultern.

– Aber danke für den Hinweis, sagt er. Den werde ich mir mal vorknöpfen müssen.

– Nein, laß das lieber.

– Ich hab es nicht gern, wenn einer weitererzählt, was ich gar nicht gesagt habe.

– Das war eine Art Selbstschutz. Er wollte sich hinter dir verstecken.

– Er muß mich nicht da hineinziehen.

Sie schweigt.

– Ich hab ihm gesagt, er soll dich nicht weiter belästigen.

– Das war nicht nötig.

– Ich hab ihm gesagt, du bist anderweitig beschäftigt.

– Ella unterhält sich gern mit ihm.

– Manche Menschen verstehen keine Andeutungen, sagt Freddy.

Sie hebt die Schultern.

– Machst du jetzt die Gartenfotos? fragt er nach einer Weile.

– Nein.

– Hat dich das nicht gereizt?

– Nein.

– Na dann.

– Ich wüßte gar nicht, wie ich das anstellen sollte.

– Na komm!

– Nicht mehr, sagt sie.

– Na dann, sagt er.

– Die verstehen einfach nicht, was es heißt, wenn man müde ist, sagt sie. Das heißt, du kommst einfach nicht in die Gänge. Das heißt, du hast alles vergessen, was du gelernt hast. Das heißt, du weißt nichts, und du kannst nichts.

– Na dann, sagt er.

– Verstehst du, was ich sagen will?

– Ich glaub dir.

– Als unser Kindermädchen starb, sagt Nina, konnten wir uns nicht einmal selbst das Haar bürsten. Wir waren zwölf Jahre alt und konnten nicht einmal das.

– Du meine Güte, sagt Julie.

– Tja, sagt Nina. So war das damals.

– Aber nicht in meiner Familie, sagt Julie.

– Doch, sagt Nina. So war das. Auf nichts wurdest du vorbereitet, außer darauf, so zu leben wie deine Mutter und wie deren Mutter zuvor.

– Sowas, sagt Julie.

– Eine Krankenschwester war ganz reizend, sagt

Simon. Haare bis hierhin. Augen wie Sterne. Eine Gazelle.

– Hab ich gar nicht gesehen.

– Zum Niederknien, sagt Simon. Ich hab ihre Telefonnummer.

– Hast du sie angerufen?

– Ich warte, bis ich wieder auf dem Damm bin.

– Wart nicht zu lange.

– Aus Surinam kommt sie. Haare wie ein Wasserfall.

– Schade, daß sie nie Dienst hatte, wenn ich dich besuchen war.

– Du hättest eben öfter kommen sollen, dann hättest du sie kennengelernt. Sie war nicht einfach nur schön. Kultiviert. Ihr Vater ist Mathematikprofessor. Eine Kapazität auf dem Gebiet der String-Theorie.

– Und je mehr Menschen er fraß, sagt Sam, desto mehr wollte er fressen.

– Wie viele hat er denn am Tag gefressen?

– Kam drauf an. An manchen Tagen kam keiner vorbei, und dann bekam er auch nichts zu fressen. Und manchmal fraß er so viele Menschen, daß ihm schlecht wurde.

– Hat er noch was anderes gefressen außer Menschen?

– Nein. Er war strikter Kannibale.

– Was ist ein Karnevale?

– Einer, der nur Fleisch frißt.

– Und Blut trinkt?

– Und Blut trinkt.

– Hatte er auch Freunde?

– Nein. Er hatte keine Freunde, und er wollte auch keine. Wenn er nicht gerade fraß, schlief er. Und wenn er nicht schlief und es keine Menschen zu fressen gab, spielte er mit den Knochen.

– Was hat er mit denen gespielt?

– Er jonglierte mit ihnen. Er jonglierte mit den Schienbeinen.

– Wie denn?

– Er saß im Schneidersitz auf dem Boden und warf immer sechs auf einmal in die Luft, so daß sie einen Bogen über seinem Kopf bildeten, während er im Schneidersitz auf dem Boden seines Zimmers saß. So hat er stundenlang jongliert, hat sie immer wieder aufgefangen und hochgeworfen, um sich von seinem Hunger abzulenken.

– Und dann hat er geschlafen.

– Nicht wenn er Hunger hatte. Wenn er Hunger hatte, konnte er nicht schlafen. Schlafen konnte er nur nach einer üppigen Mahlzeit.

– Nein, sagt Ella, hilf mir doch bitte, die Kuchen reinzutragen.

– Kann ich den nehmen?

– Stell ihn auf den Tisch, und dann setz dich wieder hin.

– Kann ich nicht wiederkommen und noch einen holen?

– Wenn du magst.

– Ich möchte gern, daß du sie kennenlernst, sagt Freddy.

– Ich weiß nicht.

– Ich bin sicher, ihr würdet euch gut verstehen.

– Das sagst du jedesmal.

– Stimmt.

– Was macht dich so sicher?

– Ich weiß es einfach. Sie liebt Kinder.

– Ich aber nicht.

– Doch.

– Nur deine.

– Sie auch.

– Und die Kinder?

– Du weißt doch, wie Kinder sind. Man weiß nie, was sie wirklich denken.

– Aber *du* weißt es?

– Ich glaub, sie mögen sie, sagt er.

– Tee! sagt Ella.

– Danke.

– Und Kuchen.

– Ich hätte gern ein Stück von dem.

– Liss?

– Im Augenblick nicht, danke.

– Nina?

– Was gibt's, meine Liebe?

– Tee.

– Oh, vielen Dank.

– Ein Stückchen Kuchen?

– Was kriegen die Kinder? fragt Julie sie.

– Ich hab den Mangosaft gekauft, den sie so gerne mögen.

– Ist da nicht zuviel Zucker drin?

– Es ist genau der, den sie gerne mögen.

– Und damit ist die Geschichte zu Ende, sagt Sam. Laß uns Tee trinken.

– Ich mag keinen Tee.

– Magst du denn ein Stück Kuchen?

– Ich will, daß du weitererzählst.

– Das geht nicht mit vollem Mund.

– Wenn du aufgegessen hast.

– Ich glaube, das reicht für heute.

– Aber du hattest doch gerade erst angefangen!

– Ja?

– Ja.

– Dann erzähl du weiter.

– Kann ich nicht. Erzähl du.

– Vielleicht nach dem Tee. Vielleicht fällt mir dann noch etwas ein.

– Kannst du nicht jetzt weitererzählen?

– Ich bin kein Riese. Ich kann nicht mit vollem Mund sprechen.

– Dann mach ihn nicht voll.

– Aber ich möchte jetzt Tee trinken. Warum probierst du nicht ein Stückchen von Omas Kuchen?

– Nur wenn du mir versprichst, daß du danach weitererzählst.

– Mal sehen.

– Versprich es!

– Versprich nie etwas, wenn du nicht sicher bist, daß du es auch halten kannst.

– Warum bist du nicht sicher?

– Weil mir vielleicht nachher nichts mehr einfällt.

– Putzmunter, sagt Simon. So gut ist es mir noch nie gegangen.

– Du siehst gut aus, sagt Julie.

– Mir geht's auch gut, sagt Simon.

– Du hast lange nicht mehr so gut ausgesehen, sagt Julie.

– Man darf sich einfach nicht unterkriegen lassen, sagt Simon. Zähigkeit. Das ist das Geheimnis.

– Na, die hast du sicher.

– Entweder man hat es, oder man hat es nicht, sagt Simon. So etwas kann man nicht lernen. Ich habe das große Glück, daß es mir gegeben ist.

– Du bist unser aller Vorbild.

– So weit würde ich nicht gehen.

– Ich hoffe, ich bin nur halb so zäh, wenn ich mal so alt bin wie du.

– Es hat keinen Zweck, so etwas zu hoffen, sagt Simon. Es ist angeboren. Entweder du hast es von Anfang in dir oder eben nicht.

– Ich hab es bestimmt nicht in mir, sagt Julie.

– Ich habe schon oft in meinem Leben arg in der Klemme gesteckt, sagt Simon. Aber ich hab mich nie unterkriegen lassen.

– Nein, sagt Sam. Ich fahre ihn nicht nach Hause.

– Aber er ist gerade erst aus dem Krankenhaus entlassen worden.

– Das darf jetzt nicht einreißen. Wenn er herkommen will, muß er sich selber in Bewegung setzen.

– Aber das letzte Mal hast du es doch auch gemacht.

– Dir zuliebe.

– Dann tu's noch mal mir zuliebe. Wo willst du hin? sagt Ella zu ihrer Mutter.

– Ich will Becky nur was zeigen.

– Was denn?

– Etwas in meinem Zimmer.

– Soll ich's dir nicht lieber holen?

– Nein, meine Liebe. Wir gehen kurz zusammen hoch. Nur wir zwei beide.

– Wo ist Joe? fragt Julie ihren Mann.

– Keine Ahnung, sagt Freddy. Vielleicht im Garten.

– Wir müssen uns bald auf den Weg machen.

– Becky ist gerade mit Nina nach oben gegangen.

– Warum das denn?

– Sie wollte ihr was zeigen.

– Dann such schon mal Joe. Sobald sie wieder runterkommen, fahren wir los.

– Vielleicht ist er in der Küche.

– Gehst du ihn bitte suchen?!

– Ich glaub, ich hab ihn in der Küche gesehen.

– Es paßt mir nicht, daß deine Mutter die Kinder so mit Süßigkeiten vollstopft, sagt Julie zu Licia. Das macht ihre Zähne kaputt.

– Ehrlich?

– Das weiß doch jeder, daß Zucker schlecht ist für die Zähne. Offensichtlich jeder außer deiner Mutter.

– Dafür sehen sie aber sehr gesund aus.

– Hast du dir mal ihre Zähne bekuckt? sagt Julie.

– Nein, sagt Licia.

– Kein schöner Anblick, sagt Julie. Das kannst du mir glauben.

– Glaub ich sofort, sagt Licia.

* * *

Im Auto zischt Julie ihm zu: – Ich hab dir das schon mal gesagt. Nimm deine Hand da weg.

– Wovon redest du? sagt Freddy.

– Ich mag das nicht.

– Ich glaub's einfach nicht, sagt er.

– Ich meine es ernst, sagt sie. Ich warne dich.

– Du warnst mich?

– Ich lehne jede Verantwortung ab für alles, was passiert, wenn das noch mal vorkommt.

– Das ist keine Warnung, sagt er. Das ist eine Drohung.

Auf dem Rücksitz stößt Becky ihren Bruder an: – Kuck mal, was ich von Nina geschenkt gekriegt hab.

Er starrt nach draußen.

– Kuck mal, was ich von Nina geschenkt gekriegt hab.

– Ich will aber nicht kucken.

– Na gut. Ich wollt's dir ja nur zeigen.

– Das ist kein Spaß, sagt vorne Julie.

– Das merke ich, sagt Freddy.

– Du merkst doch nie irgendwas.

– Ich darf nicht mal mehr meinen Arm um deine Schulter legen?

– Ich hab dich gewarnt, sagt sie.

– Das ist einfach lächerlich, sagt er.

– Versuch's nur.

– Was hab ich denn eigentlich getan?

– Letzte Chance, sagt Becky.

Ihr Bruder gibt keine Antwort.

– Was hab ich denn eigentlich getan? wiederholt Freddy.

– Willst du das wirklich wissen?

– Sonst würde ich nicht fragen.

– Du hast deine Hand da, sagt sie, du schiebst mich vor dir aus dem Zimmer, mit der Hand *da,* und dann kommst du dir auch noch *gnädig* vor.

– Gnädig?

– Vater, Sohn und Ehemann, alles in einem, sagt sie.

– Und das nennst du gnädig?

– Du weißt genau, was ich meine.

– Ich bin sprachlos.

– Denk mal drüber nach, sagt sie. Wenigstens einmal.

– Du magst es also nicht, wenn ich dich um die Taille fasse?

– Das ist nicht meine Taille.

– Du lieber Himmel, sagt er. Ich hab dir nicht in den Hintern gekniffen.

– Du weißt genau, was du immer machst.

– Willst du damit sagen, daß ich in der Öffentlichkeit zu sehr den besitzergreifenden Ehemann raushängen lasse? Meinst du das?

– Du weißt genau, was ich meine, sagt sie. Und du weißt auch, was passiert, wenn du das noch mal machst.

– Drehst du dich dann um und haust mir eine runter? Haust mir eine runter? Vor den Augen meiner Mutter? Meiner Kinder? Und sagst dann vielleicht noch sowas wie: Nimm deine schmierigen Wichsgriffel von meinem Hintern, du Arschloch?

– Ich hab dich gewarnt, sagt sie.

– Na gut, sagt Joe auf dem Rücksitz. Laß mal kucken.

– Nein.

– Bitte.

– Zu spät. Jetzt ist vorbei.

– Becky, bitte!

– Und wenn ich's vergesse? sagt Freddy.

– Ich hab dich jedenfalls gewarnt.

– Ja. Ich hab's vernommen.

– Dann ist ja alles klar, sagt sie.

– Nein, sagt Becky. Jetzt ist vorbei. Zu spät.

– Bei all den Parkbänken in London, wo Sie hingehen und sich hinsetzen könnten, und all den Parkbänken in London, wo ich hingehen und mich hinsetzen könnte, sagt er, ist es ausgerechnet diese, wo wir uns treffen.

– Ja, sagt sie.

– Genau zu dieser Bank komme ich immer, sagt er, und genau zu dieser Bank kommen auch Sie immer.

– Ja, sagt sie.

– Können Sie sich noch erinnern, wann Sie das erste Mal hierher gekommen sind?

– Nein, sagt sie.

– Ich auch nicht, sagt er.

Sie setzen sich.

– Vielleicht betrachten Sie sie ja als Ihre Bank, sagt er. Vielleicht paßt Ihnen das gar nicht, daß ich hier bin, und hätten viel lieber, wenn ich mich woanders hinsetze.

Sie schweigt.

– Denken Sie das nicht manchmal? sagt er.

– Was?

– Daß Sie die Bank lieber für sich allein hätten.

Daß es Ihnen gar nicht paßt, daß ich sie auch als meine betrachte.

– Nein nein, sagt sie.

– Ich frage mich, sagt er, ob Sie sich das auch schon mal gefragt haben. Daß es mir vielleicht nicht paßt, daß Sie diese Bank besetzt halten, die ich doch als meine betrachte?

– Hm?

– Aber dann sag ich mir wieder, sagt er, warum soll ich mich woanders hinsetzen? Ich finde den Blick von hier viel schöner als von jeder anderen Parkbank, warum also sollte ich das Feld räumen?

Sie schweigt.

– Haben Sie sich das je überlegt? sagt er.

– Was überlegt?

– Daß Sie nicht einsehen, warum Sie sich woanders hinsetzen sollten.

– Woanders?

– Um eine andere Bank zu suchen. Einen anderen Park.

– Nein, sagt sie.

– Haben Sie sich das noch nie überlegt?

– Nein.

– Aber wo ich schon dabei bin, sagt er, finden Sie nicht, daß da ein Fünkchen Wahrheit drinsteckt?

– Ich weiß nicht, wovon Sie sprechen, sagt sie.

– Es ist mir nur so durch den Kopf gegangen, sagt er. Als ich heute morgen hier gesessen hab.

Nach einer Weile sagt er: – Wäre es Ihnen lieber, wenn ich nicht rede?

– Weiß ich nicht, sagt sie.

– Ich habe darüber nachgedacht, sagt er, aber dann habe ich mir überlegt, es wär doch ein bißchen komisch, wenn wir zwei ausgerechnet auf dieser Bank in diesem Park zusammensitzen und kein Wort wechseln würden. Das wär doch nicht normal, oder?

– Nein, sagt sie.

– War ja nur so ein Gedanke, sagt er.

Sie schweigt.

– In der Zeitung habe ich gelesen, sagt er, daß die Regierung erwägt, die Fernseh-Fernbedienungen zu verbieten, so daß man aufstehen muß, um umzuschalten. Sie meinen, das wäre der allgemeinen Gesundheit der Bevölkerung zuträglich. Offensichtlich haben Analysen ergeben, sagt er, daß selbst die Bewegung vom Sofa zum Fernseher und wieder zurück viel ausmacht.

– Das funktioniert nicht, sagt sie. Die würde man sich heimlich beschaffen.

– Aber sie könnten doch Kontrollwagen einsetzen, so wie bei den Gebühren.

Sie schweigt.

– Ich denke, es ist ähnlich wie bei den Zigaretten, sagt er. Oder den Drogen. Geht der Konsum zurück, wenn man's verbietet, oder wird im Gegenteil nur die Neugier geschürt? Also ich persönlich meine ja, sagt er, daß Verbote funktionieren. Es ist schlicht einfacher, nicht zu rauchen, wenn niemand einem Zigaretten verkauft, und so ist es wahrscheinlich doch auch einfacher, zum Umschalten aufzustehen, wenn man nur noch Fernsehapparate ohne Fernbedienung kaufen kann.

Sie steht auf.

– Sie müssen schon gehen? fragt er.

– Ja.

– Ich hoffe, ich hab Sie mit meinem Gerede nicht verscheucht?

– Nein.

– Bestimmt nicht?

– Nein. Ich muß los.

– Dann auf Wiedersehen, sagt er.

– Auf Wiedersehen.

* * *

– Sie ist im Augenblick nicht da, sagt Ella.

– Wissen Sie, wann sie zurückkommt?

– Nein, sagt Ella. Darf ich etwas ausrichten?

– Es ist nicht so wichtig, sagt Robin.

– Sie ist bestimmt bald zurück, sagt Ella.

– Arbeitet sie wieder?

– Nein, sagt Ella. Sie überlegt noch.

– Ich hab da etwas, das sie vielleicht interessieren könnte, sagt Robin.

– Ich glaube nicht, daß sie im Moment irgend etwas Neues annehmen will, sagt Ella.

– Es wäre gar nicht viel Arbeit.

– Ich glaube, sie will überhaupt nichts annehmen.

– Ich dachte ja nur.

– Das ist sehr liebenswürdig von Ihnen, sagt Ella. Ich richte es ihr aus. Ich glaube nicht, daß sie zur Zeit irgend etwas annehmen will.

– Auch gut, sagt Robin.

– Das ist sehr liebenswürdig von Ihnen, sagt Ella. Und wie läuft es beruflich bei Ihnen?

– Geht so, sagt Robin.

– Nur geht so?

– Und bei Ihnen?

– Ach, uns geht's gut.

– Ich habe gehört, daß es Ihrem Onkel so schlecht gegangen ist.

– Es geht wieder. Er ist inzwischen aus dem Krankenhaus entlassen.

– Das freut mich. Und Ihre Mutter?

– Der geht es gut.

– Gut, sagt Robin. Gut.

– Ich richte es ihr aus.

– Wenn sie mich anrufen möchte, sagt Robin, kann sie das jederzeit tun. Sie hat meine Nummer.

– Sag ich ihr, sagt Ella.

– Sagen Sie ihr, sie soll nicht zu lange warten.

– Sag ich ihr.

– Wiederhören.

– Wiederhören.

* * *

– »›Mann‹, sagt sie, ›geh zu dem Fisch und sag ihm, ich will Kaiser werden.‹

›Ach Frau‹, sagt der Mann, ›er kann dich nicht zum Kaiser machen. Das kann ich dem Butt nicht sagen. Es gibt nur einen Kaiser. Der Butt kann dich nicht zum Kaiser machen, er kann es einfach nicht.‹

›Was!‹ sagt die Frau. ›Ich bin König, und du bist

mein Mann. Du gehst sofort hin. Wenn er Könige machen kann, kann er auch Kaiser machen. Ich will Kaiser werden. Geh!‹

Da mußte er gehen. Aber als er dort hinging, hatte er große Angst und dachte bei sich: ›Das kann nicht gutgehen. Kaiser geht nicht. Dem Butt wird das zuviel.‹

Und so kam er ans Meer. Das ganze Meer war schwarz und dick und wie aufgekocht, so daß es Blasen warf und gärte, und ein mächtiger Wind strich über das Wasser, daß es aufschäumte, und der Wind erhob sich wie ein lebendiges Wesen, und den Mann überkam das Grauen. Dann ging er hin und stellte sich an den Strand und rief:

›Manntje, Manntje, Timpe Te,
Buttche, Buttche in der See,
meine Frau die Ilsebill
will nicht so, wie ich wohl will.‹

›Was will sie denn jetzt?‹ sagt der Butt.

›Ach Butt‹, sagt der Mann, ›sie will Kaiser werden.‹

›Geh nach Hause‹, sagt der Butt. ›Sie ist schon Kaiser.‹

Da ging der Mann zurück, und als er zu Hause ankam, war das ganze Schloß aus blankem Marmor erbaut mit Figuren aus Alabaster und goldenen Verzierungen. Soldaten paradierten vor dem Tor, sie bliesen die Trompeten und schlugen die Trommeln, und im Schloß waren lauter Barone und Grafen und Herzöge, die alle hin und her eilten, als wären sie Diener. Sie öffneten ihm das Tor aus purem Gold, und als er eintrat, saß seine Frau auf einem Thron, der war von einem einzigen Stück getriebenen Goldes gefertigt und war wohl an die zwei Meilen hoch, und sie trug eine große goldene Krone auf ihrem Haupt, die mit Brillanten und Karfunkelsteinen besetzt war. Und in …«

– Deine Mutter, sagt Julie, die in der Tür steht.

– Was will sie?

– Sie scheint ganz außer sich zu sein.

– Aber was ist los?

– Sie will dich ganz schnell sprechen.

Er legt das Buch hin. – Ich bin gleich wieder da, sagt er zu seinem Sohn.

Er nimmt den Hörer. – Nina, sagt seine Mutter.

– Was ist mit ihr?

– Ich bin gerade zu ihr hochgegangen. Sie war …

– Was? sagt er. Was ist?

– Sie ist tot.

– O mein Gott, sagt er.

– Sie ist tot, wiederholt sie.

– Wie ist das passiert?

– Bitte, sagt sie. Komm her.

– Ich komme sofort.

Er legt auf. – Nina ist tot, sagt er zu Julie. Wo sind die Autoschlüssel?

– Nina? sagt Julie. Wie ist das passiert?

– Ich weiß es nicht, sagt er und eilt zur Tür. Ich weiß es nicht.

– Sie ist im Schlaf gestorben, sagt Licia.

– Und vorher hat sie gar nichts gehabt?

– Na, die üblichen Wehwehchen. Nichts Ernstes.

Der Mann schweigt.

– Meine Mutter ist raufgegangen und wollte sie zum Abendessen holen, sagt Licia, und bekam keine Antwort. Aber als sie ins Zimmer reingegangen ist, wußte sie sofort, daß sie tot ist.

– So ist es doch am besten, sagt der Mann.

– Ja, sagt Licia.

– So ist es am besten.

– Mein Vater war an dem Abend gar nicht zu Hause, sagt sie. Zum Glück war ich da.

– Ganz ohne zu leiden, so ist es doch am besten, sagt der Mann.

– Ja, sagt Licia.

– Langes Leiden, bis man stirbt, das ist schrecklich, sagt der Mann. Wenn jemand lange leidet, ist man so hilflos. Man verliert denjenigen eigentlich schon vor seinem Tod. Aber man leidet trotzdem mit. Völlig sinnlos.

– Mein Bruder ist sofort gekommen, sagt Licia. Wir hatten keine Ahnung, wo mein Vater war.

Nach einer Weile sagt der Mann: – Ich dachte, Sie hatten sich mehr Sorgen um Ihren Großonkel gemacht.

– Ja, sagt Licia. Nina hatte nie irgend etwas.

Nach einer Weile sagt der Mann: – Möchten Sie darüber sprechen?

– Nein, sagt Licia.

– Verstehe.

– Da gibt es nichts zu sagen.

– Verstehe.

Sie schweigt.

– Mit diesen Dingen, sagt er, wird man nie fertig. Nie.

– Ich will auch gar nicht damit fertigwerden, sagt sie.

– Nein, sagt er.

– Das Leben geht weiter, sagt sie.

Er schweigt.

– Wie Sie sehen, sagt sie, da bin ich wieder.

– Und ich dachte schon, Sie wären woanders hingegangen, sagt der Mann.

– Nein, sagt Licia.

– Verstehe, sagt der Mann.

* * *

– »Und da ging der Mann näher heran und sah sie genau an«, liest Freddy. »Und nachdem er sie eine Weile betrachtet hatte, sagte er: ›Frau, bist du jetzt der Kaiser?‹

›Mann‹, sagte sie, ›warum stehst du da herum? Jetzt wo ich Kaiser bin, will ich Papst werden. Geh sofort zurück zum Butt!‹

›Ach Frau‹, sagte der Mann, ›gibt es denn noch etwas, was du nicht werden willst? Papst kannst du nicht werden. In der ganzen Christenwelt gibt es nur einen Papst. Der Butt kann dich nicht zum Papst machen.‹

›Mann‹, sagte sie, ›ich will Papst werden. Du gehst sofort zurück zum Butt. Noch heute will ich Papst werden.‹

›Nein, Frau‹, sagte der Mann. ›Ich will nicht zu ihm gehen und darum bitten. Das wird ein böses Ende nehmen. Das ist einfach zuviel. Der Butt kann dich nicht zum Papst machen.‹

›Unsinn!‹ sagte die Frau. ›Wenn er mich zum Kaiser machen konnte, kann er mich auch zum Papst machen. Ich bin der Kaiser, und du bist mein Untertan, also geh.‹

Da hatte er furchtbare Angst und ging hin, aber ihm war ganz schwach zumute, und er zitterte und bebte, und ihm schlotterten die Knie. Und da strich ein Wind über das Land, und die Wolken waren so düster wie sonst nur am Abend, die Blätter fielen von den Bäumen, und das Wasser brauste und peitschte und klatschte an das Ufer, und von ferne sah er Schiffe, die in Seenot geraten waren und auf den Wellen tanzten und hüpften. In der Mitte des Himmels waren die Wolken ein kleines Stück aufgerissen, aber am Rand war er so rot wie vor einem schweren Gewitter. Ängstlich und verzagt ging er zum Ufer und sagte:

›Manntje, Manntje, Timpe Te,
Buttje, Buttje in der See,
meine Frau die Ilsebill
will nicht so, wie ich wohl will.‹«

Er klappt das Buch zu.

– Weiter, sagt sein Sohn.

– Genug für heute.

– Ich bin noch gar nicht müde.

– Das kann nicht sein.

– Ach bitte! Nur noch ein ganz bißchen.

– Du bist ganz müde. Du bist fast eingeschlafen.

– Gar nicht!

– Genug. Sei ein braver Junge und schlaf jetzt.

– Liest du morgen weiter?

– Ja.

– Versprochen?

– Ja.

– Na gut.

– Gute Nacht.

– Gute Nacht.

Er geht in das andere Kinderzimmer. Seine Tochter liegt zusammengerollt im Bett und hält das Buch halb unter der Bettdecke.

Er beugt sich über sie und gibt ihr einen Kuß. – Willst du nicht bald schlafen? sagt er.

– Na gut.

– Leg das Buch weg.
– Ich will nur noch das hier fertig lesen.
– Bis wohin?
– Bis hierhin.
– Versprochen?
– Ja.
– Na gut. Gute Nacht.
– Gute Nacht.

* * *

– Möchtest du nicht ihr Zimmer haben? sagt Ella zu ihrer Tochter.

– Warum?
– Es ist das schönste Zimmer im ganzen Haus.
– Ich hab doch mein eigenes.
– Ich dachte nur, du hättest vielleicht gern das.
– Das könnte ich nicht, sagt Licia.
– Ich hatte es so gehofft.
– Warum?
– Ich weiß nicht. Ich möchte gern, daß es bewohnt ist.

– Na schön.
– Sonst wird es nie mehr gebraucht.
– Und warum nimmst *du* es nicht?
– Für zwei ist es zu klein.
– Gut, sagt Licia.
– Nur wenn du willst.
– Eigentlich nicht.
– Überleg's dir doch noch mal.
– Gut.

– Ich weiß, das hätte sie gefreut.
– Ich überleg's mir.
– Aber nur, wenn du auch willst.
– Im Augenblick eigentlich nicht.
– Gut.
– Dir fällt schon noch was ein.
– Ja, sagt Ella.
– Ich hab mich an meins gewöhnt.
– Weiß ich, Liebes. Ich dachte nur...
– Dir fällt schon noch was ein.
– Vielleicht.

– Was hat ihr Tod damit zu tun?

– Alles, sagt er.

– Das verstehe ich nicht, sagt sie.

– Schade.

– Was heißt hier schade?

Er schweigt.

– Ich kann ja verstehen, wenn du sagst, daß es im Moment nicht geht, sagt sie. Das kann ich völlig verstehen. Damit habe ich sogar gerechnet. Aber deswegen gleich Schluß zu machen…

Er wartet.

– Bist du noch da? sagt sie.

– Ja, sagt er.

– Dann sag was.

Er schweigt.

– Ich hab gesagt, ich kann verstehen, wenn es vorläufig nicht geht, sagt sie. Aber ich kann nicht verstehen, warum es gleich das Ende unserer Beziehung bedeuten muß.

Er wartet.

– Hast du eine Erklärung? fragt sie.

– Nein, sagt er.

– Und du bist auch nicht der Meinung, daß du mir eine Erklärung schuldest?

Er schweigt.

– Nein?

– Nein, sagt er.

– Hab ich irgendwas falsch gemacht?

– Nein, sagt er.

Sie wartet.

– Hast du mir noch was zu sagen? fragt sie.

Er schweigt.

– Na dann herzlichen Dank, sagt sie.

Er wartet.

Sie wartet.

Sie legt den Hörer auf.

* * *

– Mein Beileid, sagt Robin.

– Danke.

– Ich hab versucht, dich zu erreichen, sagt er. Sofort nachdem ich das gehört hab. Ich habe mit Ella gesprochen.

– Weiß ich, sagt sie.

– Es tut mir so leid.

– Danke.

– Ich würde gerne kurz bei dir vorbeikommen, sagt er.

– Lieber nicht.

– Lieber nicht?

– Ja.

– Sicher?

– Ja.

– Natürlich nicht jetzt sofort, sagt er.

Sie schweigt.

– Alles in Ordnung? sagt er.

– Ja.

– Verstehe, sagt er. Ich rufe nächste Woche wieder an. Ich möchte dich einfach gerne sehen.

– Danke.

– Ella hat gesagt, sie ist im Schlaf gestorben.

– Ja.

– Ein gnädiger Tod.

– Ja.

– Zuerst wollte ich schreiben, aber das ist so unpersönlich.

– Ja.

– Am Telefon ist es natürlich auch nicht viel besser.

– Nein.

– Ich ruf auf jeden Fall nächste Woche wieder an. Ja?

– Ja.

– Tschüß.

– Tschüß.

* * *

– Sie hatte ein gutes Leben, sagt Simon.

– Meinst du? sagt Sam, die Augen auf die Straße gerichtet.

– Erfüllt, sagt Simon. Interessant. Umgeben von der geliebten Familie. Was will man mehr?

– Ella meint, sie hätte netter zu ihr sein können.

– Aber natürlich, sagt Simon. Das geht allen Kindern so, wenn ein Elternteil stirbt. Mir ist es so gegangen, als mein Vater starb, möge seine Seele in Frieden ruhen. Was ist los?

– Weiß ich nicht, sagt Sam.

– Wir sind doch immer gut durchgekommen hier, sagt Simon.

– Wahrscheinlich ist da irgendwo eine Baustelle.

– Bist du auf dem Hinweg nicht diesen Weg gekommen?

– Da war alles frei.

– Unglaublich, sagt Sam. Unglaublich.

– Sie hat das Gefühl, sie hat zuviel für selbstverständlich gehalten, sagt Sam.

– Das ist ja auch so, sagt Sam. Anders kann man überhaupt nicht mit jemandem unter einem Dach leben.

– Sie hat das Gefühl, sie hat mehr Zeit mit Leuten verbracht, die ihr nicht annähernd so nahe standen und die es eigentlich nicht wert waren.

– Mir ging es genauso, als mein Vater starb.

– Ich weiß, sagt Sam.

– Irgendwie hatte man ja schon länger damit gerechnet.

– Ja?

– In dem Alter, sagt Simon, ist es doch...

Sie fahren weiter.

– Ich kann aber keine Baustelle sehen, sagt Simon.

– Nein, sagt Sam. Ich weiß nicht, was es war.

– Unglaublich, sagt Simon. Wirklich unglaublich.

– Also wir haben eigentlich gar nicht... sagt Sam.

– Nicht?

– Sie schien so gesund.

– Ihr habt wirklich nie...?

– Natürlich wußten wir, daß sie früher oder später...

Sie halten wieder an.

– Was ist jetzt wieder? fragt Simon.

– Ich weiß es nicht.

– Wir kommen doch hoffentlich nicht zu spät zum Essen?

– Die fangen nicht ohne uns an.

– Ich muß gestehen, allmählich krieg ich Appetit.

– Vielleicht, sagt Sam, solltest du das Thema bei Tisch nicht unbedingt anschneiden.

– Will sie nicht, daß darüber gesprochen wird?

– Wenn sie allerdings selbst davon anfängt...

– Verstehe.

– Gut.

– Obwohl manchmal, sagt Simon, ist es besser, wenn sowas auf den Tisch kommt. Das reinigt die Luft.

– In den letzten Wochen kam eigentlich nie etwas anderes auf den Tisch, sagt Sam.

– Verstehe.

– Irgendwann ist der Punkt erreicht, wo einfach Schluß sein muß.

– Ein Stillhalteabkommen also, sagt Simon.

– Genau.

– Verstehe.

Er sieht auf die Uhr: – Dauert das immer so lange?

– Es ist ein weiter Weg.

– Letztes Mal warst du besser in der Zeit.

– Manchmal geht es eben schlechter als sonst.

– Man sollte meinen, sagt Simon, daß es sich irgendwie ausgleicht.

– Im Gegenteil, sagt Sam. Entweder klappt alles wie am Schnürchen, oder man steckt fest.

– Wie im wirklichen Leben, sagt Simon und lacht.

Sam sieht den alten Mann an. – Wie im wirklichen Leben, pflichtet er ihm bei.

Simon sieht auf die Uhr. – Mit der U-Bahn geht es wirklich viel schneller, sagt er.

– Ja, sagt Sam.

– Es ist schade, daß mein Zustand es nicht erlaubt, die U-Bahn zu nehmen, sagt Simon.

– Ja, sagt Sam. Sehr schade.

– Ich bin immer gern U-Bahn gefahren, sagt Simon. Da kriegst du was mit vom Leben.

– Und ich bin immer gern zu Hause geblieben sonntags morgens, sagt Sam.

– Die Dinge ändern sich.

– Ja.

– Na, immerhin haben wir so Gelegenheit, ein bißchen zu schwatzen, sagt Simon.

– Ja.

– Ich werde unsere kleinen Schwätzchen vermissen, wenn ich wieder mit der U-Bahn fahre, sagt Simon. Es ist einfach nicht dasselbe, wenn man fremde Leute um sich hat.

– Nein, sagt Sam.

– Man braucht einen gewissen Abstand, sagt Simon. Auch geistig. Für einen echten Austausch. Eine Autofahrt ist wirklich ideal für ein richtig gutes Gespräch, findest du nicht?

– Kann schon sein.

– Immer der Vorsichtige, sagt Simon und lacht. Immer der Vorsichtige.

– Ich bin nicht vorsichtig, sagt Sam.

– Das war nicht als Vorwurf gemeint, sagt Simon. Gott behüte.

– Nein? sagt Sam.

– Gott behüte, sagt Simon. Er sieht auf die Uhr. – Dauert es noch lange? fragt er.

– Wer weiß das schon? sagt Sam.

– Das ist das Problem, wenn man mit dem Auto unterwegs ist, sagt Simon. Man kann es nie voraussagen. Man ist ein Opfer der Umstände.

Nach einer Weile sagt Sam: – Und du glaubst, sie hatte ein glückliches Leben?

– Glücklich? sagt Simon. Was ist schon Glück? Wer sagt, Glück sei das Ziel des menschlichen Daseins? Aber ein erfülltes Leben, ja.

– Was heißt schon erfüllt? sagt Sam.

– Lang, sagt Simon. Bewegt. Reich an Erfahrungen. Und es dann im Kreise seiner Lieben zu beenden. Was will man mehr?

– Ich hatte nie den Eindruck, daß sie.... das auch so gesehen hat, sagt Sam. Daß sie ihr Leben bewußt wahrgenommen hat, wenn du verstehst, was ich damit sagen will.

– Ich weiß, was du damit sagen willst, sagt Simon. Aber ist das wichtig?

– Was?

– Zu leben und das Leben bewußt wahrzunehmen.

– Ich meine, sagt Sam. Er hält inne. Ich weiß nicht mehr ganz, was ich sagen wollte.

– Ich weiß, was du meinst, sagt Simon. Aber ich glaube nicht, daß du recht hast. Niemand nimmt sein Leben bewußt wahr, aber das heißt noch lange nicht, daß sein Leben keine Bedeutung hat. Für ihn selbst oder andere.

– Ich sag ja nicht, daß das Leben eine religiöse Bedeutung hat, sagt Sam. Ich meine nur ... Du weißt schon, was ich sagen will.

– Ich weiß, was du sagen willst, sagt Simon.

Freddy liest vor: – »›Frau‹, sagte der Mann und sah sie an. ›Bist du jetzt Papst?‹

›Ja‹, sagte sie. ›Ich bin Papst.‹

Da ging er zu ihr hin, blieb stehen und sah sie geradewegs an, und es war, als ob er direkt in die helle Sonne sähe. Und als er sie eine Weile so angesehen hatte, sagte er: ›Wie schön, daß du jetzt Papst bist.‹

Aber sie saß stocksteif da und rührte sich nicht und sagte nichts.

Dann sagte er: ›Frau, jetzt sei bitte zufrieden. Es gibt nichts, was du dir noch wünschen könntest.‹

›Das muß ich mir noch überlegen‹, sagte die Frau. Und sie gingen beide zu Bett.«

– Ist die Geschichte bald zu Ende? fragt sein Sohn.

– Fast. Soll ich aufhören?

– Nein. Weiter.

– »Der Mann schlief tief und fest«, las Freddy vor, »denn er hatte einen anstrengenden Tag hinter sich. Aber die Frau konnte keinen Schlaf finden, und die ganze Nacht...«

– Ist Nina verbrannt worden? fragt Joe.

– Ja.

– Ganz?

– Ja.

– Warum haben die das gemacht?

– Das macht man eben so, wenn einer gestorben ist.

– Warum?

– Warum was?

– Warum macht man das, wenn einer gestorben ist?

– Weil man die Leute früher begraben hat, wenn sie tot waren, und das nahm viel Platz weg. Jetzt hat man eben keinen Platz mehr, die Leute zu begraben, also werden sie verbrannt.

– Weil so viele Leute gestorben sind?

– Außerdem ist es sauberer, die Toten zu verbrennen.

– Früher war es nicht sauber?

– Nicht so sauber. Soll ich weiterlesen?

– Warum ist es sauberer, jemand zu verbrennen als zu begraben?

– Weil Feuer reinigt.

– Gar nicht wahr. Es macht alles kaputt.

– Nicht wenn es stark genug ist.

– Aber wenn nicht so viele Leute gestorben wären, dann hätte man sie begraben?

– Keine Ahnung.

– Was passiert, wenn man brennt?

– Dann bleibt von dir nur noch ein Häufchen Asche übrig.

– Asche ist aber dreckig.

– Man füllt die Asche in eine Urne.

– In eine Uhr?

– Eine Urne. Das ist ein Gefäß. Soll ich weiterlesen?

– Warum in ein Gefäß?

– Damit man es den Verwandten geben kann.

– Wem haben sie das denn gegeben?

– Oma.

– Oma hat das?

– Ja. Ich glaube.

– Was macht sie damit?

– Keine Ahnung. Da mußt du sie selber fragen.

– In einem Gefäß ist das sauberer?

– Ja.

– Und wenn es keine Gefäße mehr gibt?

– Gefäße gibt's immer genug.

– Immer?

– Noch lange jedenfalls.

– Und wenn ich tot bin, verbrennen die mich dann auch und tun mich in ein Gefäß?

– Deine Asche, ja.

– Und wer kriegt das dann?

– Deine Kinder.

– Und wenn ich keine Kinder habe?

– Deine Verwandten.

– Ist das Becky?

– Ja.

– Und wenn Becky dann schon tot ist?

– Keine Ahnung. Die werden sich schon was einfallen lassen.

– Wer sind die?

– Die Leute, die die Leiche verbrennen.

– Was sind das für Leute?
– Soll ich jetzt weiterlesen oder nicht?
– Ich will lieber beerdigt werden, sagt er.
– Ich glaube, das läßt sich einrichten.
– Aber du hast gesagt, es gibt keinen Platz mehr.
– Wenn du darauf bestehst, finden die schon was.
– Warum hat Omi nicht drauf bestanden?
– Sie fand verbrennen sauberer.
– Ich will nicht verbrannt werden.
– Das merkst du gar nicht. Du bist ja tot. Soll ich nun noch weiterlesen?
– Nein.
– Schläfst du jetzt?
– Ja.
– Du hast keine Angst?
– Angst wovor?
– Vor allem möglichen.
– Ich denk noch an Nina.
– In Ordnung. Denk an sie. Ich bleib noch ein bißchen bei dir sitzen. Okay?
– Wenn du willst.
– Soll ich nicht?
– Wenn du willst.
– Okay. Ich mach das Licht aus und bleib noch ein bißchen bei dir, und du denkst an Nina.

* * *

– Meine Schwester sieht das genauso, sagt Julie.
– In dem Fall, sagt Licia.
– Ich weiß nicht, sagt Julie.

– Wenn deine Schwester das genauso sieht.

– Wie siehst du das denn?

– Ich?

– Es ist einfach nicht gut für die Kinder, sagt Julie.

– In dem Fall, sagt Licia.

– Andererseits ist es schließlich auch nicht gut für die Kinder, wenn die Familie auseinanderbricht. Besonders nach den letzten Wochen.

– Nein, sagt Licia.

– Aber es gibt Grenzen, sagt Julie.

Licia schweigt.

– Ist ja nicht so, als ob ich mir keine Mühe gegeben hätte, sagt Julie.

– Er hat sich auch Mühe gegeben, sagt Licia.

– Es ist fast leichter zu ertragen, wenn jemand anders im Spiel ist, sagt Julie. Weißt du, was ich meine?

– Ja, sagt Licia.

– Dann kann man wenigstens jemandem die Schuld geben, wenn da noch jemand im Spiel ist. Ansonsten kann man sich die Schuld nur selbst geben.

– Ach was, sagt Licia.

– Und ihm natürlich, sagt Julie.

– Warum überhaupt jemandem die Schuld geben? sagt Licia. Warum sich nicht einfach damit abfinden, daß sowas passiert?

– Sowas passiert nicht einfach von selbst, sagt Julie. Da stecken immer Menschen hinter.

– Ja, sagt Licia.

– Was hab ich bloß getan? sagt Julie. Kannst du mir sagen, was ich getan hab?

– Nein, sagt Licia.

– Siehst du, sagt Julie.

Licia schweigt.

– Was meinst du, soll ich? sagt Julie.

– Was?

– Vielleicht versuchen, ob...

– Ich dachte, du hast dich längst entschieden, sagt Licia.

– Ja, sagt Julie. Meine Schwester meint, es wäre besser so.

– Ich wußte gar nicht, daß du so auf deine Schwester hörst, sagt Licia.

– Wen hab ich denn sonst schon? sagt Julie. Besonders seit Nancy tot ist.

Licia schweigt.

– Mit Nancy konnte ich einfach über alles reden, sagt Julie.

– Verstehe.

– Entschuldige, sagt Julie und nimmt ein Taschentuch aus ihrer Handtasche, mit dem sie sich die Augen trocknet.

– Wohin würdest du denn gehen?

– Ich meine, er ist der, der gehen sollte, findest du nicht? sagt Julie und steckt das Taschentuch zurück in ihre Handtasche.

– Ja, wahrscheinlich, sagt Licia.

– Er könnte doch hier wohnen, oder nicht? sagt Julie.

– Hast du das mal mit ihm besprochen?

– Nein, sagt Julie.

– Vielleicht will er gar nicht hierhin zurück, sagt Licia.

– Ich glaube nicht, daß es eine Rolle spielt, was er will, sagt Julie schniefend.

– Was soll ich dazu sagen? sagt Licia.

– Ich möchte einen Rat von dir.

– Ich kann dir keinen geben.

– Du findest wohl, es ist meine Schuld.

– Hab ich das gesagt?

– Aber gemeint.

– Ach ja?

– Ich finde schon, sagt Julie. Ja.

– Ich finde, es ist eine Sache allein zwischen dir und ihm, sagt Licia. Ihr müßt tun, was für die Kinder am besten ist. Ich finde, du solltest weder auf mich noch auf deine Schwester hören.

– Aber sie ist der einzige Mensch auf der Welt, der mir noch geblieben ist, sagt Julie.

Licia schweigt.

– Er kann immerhin noch herkommen und mit dir oder Ella reden, sagt Julie.

– Macht er aber nicht.

– Aber immerhin hat er die Möglichkeit. Ihr habt euch doch immer gut verstanden.

– Daß man sich gut versteht, heißt noch lange nicht, daß man auch immer füreinander da ist, sagt Licia.

– Aber du weißt nicht, wie es ist, wenn man niemanden mehr hat, sagt Julie.

Licia schweigt.

– Entschuldige, sagt Julie. Sie holt ihr Taschentuch hervor und betupft wieder ihre Augen.

Licia wartet.

– Entschuldige, sagt Julie noch einmal.

Sie steckt ihr Taschentuch weg und steht auf. Licia steht mit ihr auf. Sie gehen zur Tür.

– Ich hatte gehofft, du könntest mir helfen, sagt Julie.

– Tut mir leid, sagt Licia.

– Das hätte ich mir gleich denken können, sagt Julie.

Licia hält ihr die Tür auf.

– Ein Arzt hat mir mal gesagt, sagt der Mann, es kommt gar nicht darauf an, daß man die Nacht durchschläft, solange man nur ruhig im Bett liegt. Der Körper braucht einfach Ruhe, hat er gesagt, sagt der Mann. Er hat gesagt, man soll aufstehen und ein Glas Wasser trinken, wenn man unruhig wird. Sowas gesagt zu bekommen ist natürlich kein großer Trost, sagt der Mann, wenn man nach der ersten halben Stunde, wo man fast eingeschlafen war, merkt, daß es wieder eine schlaflose Nacht wird. Das sag ich nur, sagt der Mann, damit Sie wissen, warum ich die ganze Zeit gähne.

– War mir gar nicht aufgefallen, sagt sie.

– Nicht daß Sie das persönlich nehmen, sagt er und lacht.

– War mir gar nicht aufgefallen, wiederholt sie.

– Meistens, sagt er, hab ich einen sehr festen Schlaf.

Sie schweigt.

– Meistens, sagt er, schlafe ich ohne Probleme die ganze Nacht durch.

– Sie Glückspilz, sagt sie.

– Sie nicht?

– Im großen und ganzen schon, sagt sie.

– Wachen Sie nachts oft auf und lesen?

– Ja, sagt sie.

– Meine Mutter war genauso, sagt er. Sie hat praktisch nur nachts gelesen. Das kann ich nicht, sagt er. Ich liege da und warte, daß ich einschlafe, und je mehr ich darauf warte, desto weniger klappt es.

– Träumen Sie? fragt sie ihn.

– Nie.

– Nie?

– Das heißt, ich kann mich nie erinnern. Natürlich träumen wir alle, fügt er hinzu. Die Frage ist bloß, ob man sich an seine Träume erinnert oder nicht. Ich erinnere mich nie.

– Wie schade, sagt sie.

– Ich kann von mir sagen, daß ich mich tagsüber langweile und nachts erst recht, sagt er.

– Es macht auch keinen Spaß zu träumen, sagt sie.

– Wie kommen Sie darauf?

– Warum?

Sie schweigt.

Schließlich sagt er: – Der Verlust eines Menschen wirkt sich bei mir immer komisch aus.

– Ja, sagt sie.

– Es tut mir leid, sagt er.

– Was tut Ihnen leid?

– Was Sie gerade durchmachen.

– Oh, sagt sie, ich bin gar nicht so sicher, ob ich überhaupt etwas durchmache.

– Es tut mir trotzdem leid, sagt er. Obwohl das nichts hilft.

Sie schweigt.

– Wenn man nicht vorher schon Angst hätte, ob man schlafen kann oder nicht, sagt er, würde man wahrscheinlich ohne Probleme durchschlafen.

Sie steht auf.

– Müssen Sie schon los? fragt er sie.

– Ja.

– Wartet Ihre Mutter auf Sie?

– Ich muß los.

– Ich begleite Sie, sagt er und steht auch auf.

– Nein nein, sagt sie. Bitte.

– Für mich wird's auch Zeit.

Sie gehen nebeneinander her.

– Da drüben ist noch eine Bank, sagt er und deutet hinüber. Da habe ich früher immer gesessen.

– Und warum jetzt nicht mehr?

– Ich mochte sie nicht mehr, sagt er. Ich mochte die Aussicht nicht mehr.

– Und jetzt?

– Jetzt?

Sie erreichen die Straße.

– Ich muß in diese Richtung, sagt sie.

Er bleibt stehen.

– Auf Wiedersehen, sagt sie.

Sie geht den Hügel hinunter.

* * *

– »Der Mann schlief tief und fest«, las Freddy vor, »denn er hatte einen anstrengenden Tag hinter sich. Aber die Frau konnte keinen Schlaf finden, und die ganze Nacht lang wälzte sie sich umher und überlegte, was sie wohl noch werden könnte, aber es wollte ihr nichts einfallen. Indessen nahte der Morgen, und als sie das Morgenrot sah, setzte sie sich im Bett auf und starrte hinaus, und als die Sonne aufging, dachte sie: ›Ha, warum kann ich nicht auch Sonne und Mond aufgehen lassen?‹

›Mann‹, sagte sie und stieß ihn mit dem Ellbogen in die Rippen, ›wach auf. Geh zum Butt und sag ihm, ich will werden wie der liebe Gott.‹

Der Mann schlief noch halb, aber er erschrak so, daß er aus dem Bett fiel. Er dachte, er hätte sich verhört, und rieb sich die Augen und sagte: ›Ach Frau, was hast du gesagt?‹

›Mann‹, sagt sie, ›wenn ich nicht Sonne und Mond aufgehen lassen kann und ansehen muß, wie Sonne und Mond aufgehen, dann halte ich das nicht aus und habe keine ruhige Stunde mehr, daß ich sie nicht aufgehen lassen kann.‹ Dann sah sie ihn so schrecklich an, daß ihm der Schauder durch den ganzen Körper ging: ›Geh sofort hin‹, sagte sie, ›ich will werden wie der liebe Gott.‹

›Ach Frau‹, sagte der Mann und fiel vor ihr auf die Knie, ›das kann der Butt nicht. Kaiser und Papst kann er machen – ich bitte dich, geh in dich und bleib Papst.‹

Da wurde sie sehr böse, das Haar flog ihr um den Kopf, und sie riß sich das Hemd vom Leib und trat ihn mit dem Fuß und schrie: ›Das halte ich nicht länger aus! Das halte ich nicht länger aus! Geh jetzt da hin!‹

Da zog er seine Hose an und rannte wie wahnsinnig. Draußen wütete ein Sturm, der brauste so gewaltig, daß er sich kaum auf den Füßen halten konnte. Häuser und Bäume stürzten um, und die Berge bebten und Felsen rollten ins Meer, und der Himmel war pechschwarz, und es donnerte und blitzte, und die See warf Wellen so groß wie Kirchtore, und sie trugen weiße Schaumkronen. Dann schrie er, konnte aber…«

Er hört auf. Er lauscht dem Atem seines Sohnes. Dann klappt er leise das Buch zu, macht das Licht aus und schleicht sich aus dem Zimmer.

Im anderen Zimmer liegt seine Tochter im Bett und liest. Er setzt sich aufs Bett: – Und?

– Ich möchte das nur noch fertig lesen.

– Wieviel ist es denn noch?

– Ganz wenig.

Durch die Decke kneift er ihre Zehen. Sie zieht ihre Füße zurück.

– Laß mal kucken, sagt er.

Sie dreht ihm den Rücken zu und liest weiter.

– Na gut, sagt er. Diese Geschichte noch, und dann machst du das Licht aus. Okay?

– Okay.

Er gibt ihr einen Kuß. – Gute Nacht, sagt er.

– Gute Nacht.

Er steht auf und geht zur Tür. – Nur diese eine Geschichte noch, sagt er. Versprochen?

– Versprochen.

– Gute Nacht.

– Gute Nacht.

* * *

– Wenn du packen und das Land verlassen mußt, in dem du dein ganzes Leben verbracht hast, sagt Nina, dann verlierst du auch einen Teil deines Lebens, aber dafür entsteht gleichzeitig etwas Neues, also wie soll man da nicht sagen, daß es ein Segen ist?

– Und verliert man das für immer? fragt Licia sie.

– Als wenn du was verlegt hättest, sagt Nina. Die meiste Zeit über ist dir gar nicht bewußt, daß du's verloren hast, aber dann genügt ein Geruch, ein Geräusch, daß alles wieder in dir auflebt, und dann merkst du schließlich, daß du's für immer verloren hast.

– War es schwer, sich hier einzuleben? hört Licia sich fragen.

– Einleben ist nicht das Problem, sagt Nina. Das Leben geht weiter, wo immer man ist. Aber manches bleibt für immer verschüttet.

– Warst du traurig, daß du gehen mußtest? fragt Licia sie.

– Ich war dankbar, daß ich gehen durfte, sagt Nina. Ich habe dem Schicksal gedankt. Man verliert sowieso einiges, sagt sie, wenn man älter wird. Alles mögliche. Aber wenn man das ganze Leben immer bleibt, wo man ist, merkt man das nicht mal. Und wenn man es merkt, dann stellt man fest, daß gleichzeitig etwas Neues entstanden ist.

– Was zum Beispiel? fragt Licia.

– Abschied, sagt Nina, daß man Dinge zurückläßt, vielleicht muß das jeder mal erleben. Das macht die

Sache natürlich nicht leichter. Oder den Stich weniger schmerzhaft.

* * *

– Ich möchte nicht darüber sprechen, sagt Julie.

– Ach so, sagt ihre Schwester. Und ich dachte, genau darum geht's.

– Nein, sagt Julie. Ich möchte nicht darüber sprechen.

– Ich werde dich nie verstehen, sagt ihre Schwester.

– Macht nichts, sagt Julie.

– Darf ich also annehmen, daß sich alles wieder halbwegs eingerenkt hat? fragt ihre Schwester.

– Nein, sagt Julie.

– Na dann, sagt ihre Schwester.

– Ich möchte nicht darüber sprechen.

– Ganz wie du willst.

– Später, sagt Julie.

– Du siehst nicht sehr glücklich aus, sagt ihre Schwester.

– Wer hat behauptet, ich bin glücklich?

– Na dann, sagt ihre Schwester.

– Ich hab nur gesagt, ich möchte jetzt nicht darüber sprechen.

– Ganz wie du willst, sagt ihre Schwester.

– Wie geht es dir? fragt Ella.

– Hervorragend, sagt Simon. Hervorragend.

– Da bin ich aber froh, sagt Ella.

– Nur das Herz, so ab und zu, sagt Simon.

– Was meinst du, nur das Herz, so ab und zu?

– So ein komischer dumpfer Schmerz.

– Willst du nicht zum Arzt gehen?

– Was kann der Arzt schon machen? sagt Simon. Ich bin ein alter Mann. Sowas ist normal in meinem Alter.

– Vielleicht kann er dir etwas verschreiben.

– Damit ich wieder jung werde?

– Gegen die Schmerzen.

– Und dann? sagt Simon. Dann bricht's woanders aus.

– Wo woanders?

– Aber wie gesagt, sagt Simon. Im großen und ganzen hervorragend.

– Aber du hast was vom Herzen gesagt.

– So merk ich wenigstens, daß ich lebe, sagt Simon. Solange einem noch was weh tut, ist man wenigstens nicht tot.

– Red nicht so, sagt Ella.

– Dann frag mich nicht.

– Ich wollte nur wissen, wie es dir geht.

– Ich hab's dir schon gesagt, sagt Simon. Hervorragend. Abgesehen von diesem Schmerz am Herzen so ab und zu.

– Du solltest zum Arzt gehen, sagt Ella.

– Hat mir ein Arzt je helfen können?

– Du hast nur Angst, daß du wieder ins Krankenhaus mußt, sagt Ella.

– Natürlich hab ich Angst.

– Es ist nur zu deinem Besten.

– Die haben mich fast umgebracht, sagt Simon. Willst du, daß die mir jetzt den Rest geben?

– Red nicht so, sagt Ella.

– Ich hab's dir schon gesagt, sagt Simon. Ich bin in allerbester Verfassung. Was macht das schon, wenn das Herz ab und zu ein bißchen piekt?

– Mit sowas scherzt man nicht, sagt Ella. Die Gesundheit ist zu wichtig, als daß man darüber scherzt.

– Nichts ist so ernst, daß man nicht darüber scherzen könnte, sagt Simon. Das hast du nie begriffen, Ella. Genau wie dein Vater. Nichts ist so ernst, daß man nicht darüber scherzen könnte.

* * *

– Sie scheint ganz gut mit allem fertiggeworden zu sein, sagt Robin.

– Fertiggeworden? sagt Freddy.

– Wenn man bedenkt, was alles passiert ist, sagt Robin.

– Was meinst du eigentlich, was alles passiert ist?

– Naja, der Tod eurer Großmutter und das alles, sagt Robin.

– Der kam nicht so unerwartet, sagt Freddy.

– Nicht?

– Es ist ja nicht so, wie wenn einer plötzlich mit fünfzig den Löffel abgibt, sagt Freddy.

– Trotzdem, sagt Robin.

– Sie ist im Schlaf gestorben, sagt Freddy. Einen schöneren Tod kann man sich doch gar nicht wünschen.

– Und selbst?

– Was soll sein?

– Hat dich das mitgenommen?

– Da kannst du aber verdammt noch mal von ausgehen, sagt Freddy.

– Tut mir leid, sagt Robin. Ich wollte gar nicht …

– Schon gut, sagt Freddy.

– Ich möchte dir hiermit mein aufrichtiges Beileid aussprechen, sagt Robin.

– Danke, sagt Freddy.

– Hoffentlich fand sie das nicht aufdringlich von mir, sagt Robin.

– Aufdringlich? sagt Freddy. Dein Beileid auszusprechen?

– Du weißt, was ich meine, sagt Robin.

– Ich bin sicher, sie war gerührt, sagt Freddy.

– Hat sie dir das gesagt?

– Nein. Aber ich kenn sie doch.

– Das freut mich, sagt Robin. Ich hatte schon Angst, ich wäre aufdringlich gewesen.

– Und was hältst du von dem hier? fragt Nigel, der neben ihnen auftaucht.

– Geht so.

– Es hat was.

– Neunzehn dreizehn, neunzehn neununddreißig, sagt Nigel. Klingt doch nicht schlecht.

– Genau wie siebzehn achtundachtzig, neunzehn sechzehn, sagt Freddy.

– Warum nicht? sagt Nigel.

– Ich glaub, Charley hat was verpaßt.

– Es ist ein bißchen dürftig. Es gibt ja nicht einmal Sachen aus Österreich.

– Wegen der Ausstellung in Maastricht.

– Warum wartet man dann nicht einfach ein Jahr?

– Du sagst ihr bitte, wie leid mir das tut, ja? sagt Robin.

– Weil man dann gleich sechs Jahre warten muß.

– Kapier ich nicht.

– Ich dachte, das hast du ihr schon selbst gesagt, sagt Freddy.

– Drei. Neun.

– Das überzeugt mich nicht.

– Aber ich möchte gern, daß du's ihr auch noch mal sagst, sagt Robin.

– Hast du die Ausstellung in Maastricht gesehen?

– Da hab ich doch Bo interviewt.

– Für wen?

– Nicht vergessen.

– Nein, sagt Freddy.

– Was hältst du davon, wenn ich in den nächsten Tagen mal vorbeischaue?

– Bei mir?

– Nein. Bei Liss.

– Wie soll ich das wissen?

– Hat er dir das von Kokoschka und seiner Mutter erzählt?

– Seiner Mutter?

– Wessen sonst?

– Ich dachte, du meinst Kokoschkas Mutter.

– Nein nein. Seine.

– Ich glaub nicht.

– Mann, das ist vielleicht eine Geschichte.

– Oder soll ich vorher anrufen? sagt Robin. Um sicherzugehen, daß sie auch zu Hause ist?

– Natürlich nicht nur Kokoschka. Alban Berg.

– Alban Berg?

– Hat er dir das nicht erzählt?

– Was meinst du? Ich will ja nicht aufdringlich sein.

– Ist vielleicht besser.

– Als ich da auf dem Weg zu meiner Patentante vorbeikam, dachte ich...

– Ich wußte das von seiner Mutter und Max Ernst. Aber Alban Berg...!

– Das mußt du dir von ihm selbst erzählen lassen.

– Mach ich!

* * *

– Entschuldigen Sie, sagt der Mann. Ich hätte Ihnen eine anbieten sollen.

– Nein danke, sagt Licia.

– Sie schmecken auch nicht besonders, sagt der Mann. Er hält ihr die geöffnete Schachtel hin.

– Nein danke, wiederholt sie.

– Es ist genau die Jahreszeit für Halsschmerzen, sagt er.

– Ja, sagt Licia.

– Bei mir fängt's immer mit dem Hals an, sagt der Mann. Entschuldigen Sie, wiederholt er. Aber ich leide unter Mundgeruch.

– Oh . . . . sagt Licia.

– Man weiß gar nicht, was man anziehen soll, sagt der Mann.

– Stimmt, sagt Licia.

– Bald, sagt er, ist es auch zu kalt, um draußen zu sitzen.

Sie schweigt.

– Bald sind hier nur noch die Spaziergänger mit ihren Hunden, sagt er.

– Im Winter kommen Sie also nicht her? fragt sie.

– Und die Spaziergänger ohne Hunde, sagt er. Mit übergezogenen Kapuzen und in den Taschen vergrabenen Händen.

– Ja, sagt sie.

– Manchmal versuchen Leute ja auszurechnen, wie viele Stunden man im Leben verschläft, sagt er. Aber es wäre mindestens genauso interessant zu wissen, wie viele Kilometer man läuft und wie viele Wörter man spricht. So im Durchschnitt.

Sie schweigt.

– Das würde ungeahnte neue Erkenntnisse über die Menschheit zutage fördern, denk ich mal, sagt er.

Sie schweigt.

– Man könnte sogar ausrechnen, wie oft bestimmte Wörter im Leben gebraucht werden, sagt er.

– Man müßte aber alles aufnehmen, sagt sie.

– Das dürfte nicht so schwierig sein, sagt er.

– Ich weiß, sagt sie.

– Ach ja? sagt er.

– Ich stell mir das auch manchmal vor, sagt sie. Vom ersten bis zum letzten Wort.

Er holt die Schachtel wieder aus seiner Tasche hervor und hält sie ihr hin.

– Nein danke, sagt sie.

Er nimmt eine Pastille, steckt sie sich in den Mund, schließt die Schachtel und steckt sie wieder in die Tasche.

– Vom ersten bis zum letzten, wiederholt er.

– Ja, sagt sie.

– Wenn sie aber nicht aufgenommen werden, wo *bleiben* die dann? fragt er. Sie lösen sich in Luft auf.

– Vielleicht gibt es irgend jemanden, der sich an alles erinnern kann, sagt sie.

– Und dann wird diese Person irgendwann auch vergessen, sagt er. Die löst sich auch in Luft auf.

– Ja, sagt sie.

Er schweigt.

Sie sieht auf die Uhr.

– Wird es Zeit für Sie? sagt er.

– Ja.

Sie steht auf. Er erhebt sich mit ihr.

Sie gehen nebeneinander her.

Er holt wieder die Schachtel aus der Tasche hervor und hält sie ihr hin.

– Nein danke, sagt sie.

Er nimmt eine Pastille, steckt sie sich in den Mund und stopft die Schachtel wieder in die Tasche.

Sie verlassen den Park.

– Da sind wir, sagt sie.

– Da sind wir.

– Auf Wiedersehen.

– Und nicht vergessen, sagt er, irgendwo nimmt irgendwer alles auf.

– Oder auch nicht, sagt sie.

– Oder auch nicht, stimmt er zu.

– Wo sollen wir anfangen? fragt Freddy seine Tochter.

– Sag du, sagt sie.

– Wir fangen mit William Blake an. Kannst du dich noch an William Blake erinnern?

– Ja.

– Bist du einverstanden, wenn wir da anfangen?

– Ja.

– Diese Räume lassen wir mal. Da hängen nur gräßliche Bilder.

– Wieso gräßlich?

– Ich find sie gräßlich. Wenn du alt genug bist, kannst du selbst hierherkommen und sie dir ansehen und dir ein Urteil bilden. Aber ohne mich.

– Wer hat die denn gemalt?

– Ganz gräßliche Maler, die sich Präraffaeliten schimpften.

– Präsawas?

– Sie wollten an die Zeit vor Raffael anknüpfen.

– Warum?

– Kannst du dich noch an Raffael erinnern? Wir haben einige Bilder von ihm im Victoria-and-Albert-Museum gesehen.

– Die ganz großen?

– Ja. Ziemlich groß.

– Warum wollten die an die Zeit davor anknüpfen?

– Sie fanden, da hätte man noch besser gemalt. Und sie hatten ganz recht. Aber das macht ihre eigenen Bilder nicht besser. Aber jetzt schau mal. Hier sind die Blakes. Kannst du dich noch erinnern?

– Ja.

– Sieh sie dir genau an. Welches gefällt dir am besten?

– Mir gefällt das kleine mit dem Schaf drauf.

– Warum?

– Mir gefällt der Mondschein.

– Mir gefällt das auch sehr. Aber das ist nicht von Blake. Das ist von einem anderen großen englischen Maler, Samuel Palmer. Hier ist noch eins von ihm.

– Hat der zur gleichen Zeit gelebt wie Blake?

– Er war ein Schüler von Blake. Er war ein junger Mann, als Blake schon sehr alt war. Er und seine Freunde haben Blake verehrt.

– Das hier gefällt mir am besten.

– Mir auch. Warum?

– Mir gefällt nicht, wie Blake die Leute malt.

– Gefällt dir irgendeins von seinen Bildern?

– Ist das da von Blake?

– Ja.

– Das gefällt mir.

– Was gefällt dir daran?

– Ich weiß nicht. Mir gefällt der Bart. Und die Farbe.

– Fast alle von Blakes Bildern sind Illustrationen zu

seinen Gedichten. Und die Gedichte erklären seine Bilder. Er ist der einzige Künstler seit dem Mittelalter, für den Bild und Wort unbedingt zusammengehörten. Kennst du Gedichte von Blake?

– Sollte ich?

– Und ob.

– Welches?

– Tiger! Tiger! Brand entfacht –

– In den Wäldern tiefer Nacht.

– Weiter.

– Weiter kann ich nicht. Mach du.

– Welch unsterblich Aug' und Hand hat dich in dein Maß gebannt.

– Krieg ich einen Kakao?

– Klar. Und dann schauen wir uns noch die Turners an.

– Und was ist mit den Spechten?

– Welchen Spechten?

– Du hast gesagt, du zeigst mir die Spechte und die Spiegel.

– Ach ja. Rebecca Horn. Komm, die schauen wir uns jetzt schnell an, und dann gibt es Kakao. Einverstanden?

– Einverstanden.

– Na los. Hier laufen wir schnell durch. Keiner kann sich wirklich mehr als zehn Bilder auf einmal ankucken.

– Keiner?

– Man kann natürlich schon. Aber dann schaut man sie sich nicht gründlich an.

– Wann kommt Rebecca Horn?

– Wir sind gleich da. Das ist ein großes Museum.

– Hat sie ein Horn?

– Nein, sie ist Deutsche.

– Haben Deutsche keine Hörner?

– Nein.

– Nur die Engländer?

– Ja.

– Wo ist denn dein Horn?

– Ich bin kein Engländer.

– Was bist du dann?

– Keine Ahnung. Jedenfalls kein Engländer.

– Bin ich Engländer?

– Ein bißchen mehr als ich.

– Und meine Kinder? Werden die Engländer?

– Wahrscheinlich ein bißchen mehr als du.

– Und deren Kinder?

– Jedesmal ein bißchen mehr.

– Bis sie dann richtige Engländer sind?

– Niemand ist irgend etwas ganz richtig. Da sind wir. Mach die Augen zu und gib mir deine Hand. Kannst du die Spechte hören?

– Ja.

– Halt einfach meine Hand und mach einen Schritt nach vorn.

– Sind das echte Spechte?

– Das wirst du schon sehen.

– Kann ich jetzt die Augen aufmachen?

– Ja. Aber nicht bewegen. Kannst du uns da hinten im Spiegel sehen?

– Ja.

– Dann dreh dich um. Kannst du uns unendlich oft in den anderen Spiegeln dort sehen?

– Sind das die Spechte?

– Ja.

– Die sind aber gar nicht echt.

– Nein. Paß auf. Die picken alle mit unterschiedlicher Geschwindigkeit und machen leicht unterschiedliche Geräusche, wenn sie mit dem Schnabel das Glas berühren: Tock! Ruhe. Tock! Ruhe. Tock-tock! Ruhe. Tock-terock. Ruhe – tock!

– Hier ist noch ein anderer.

– Ja. Schau. Der steckt seinen Schnabel in einen Haufen Kohlestifte. Schau. Jedesmal, wenn er mit dem Schnabel draufstößt, gibt es ein anderes Geräusch, und jedesmal fliegt etwas Kohlenstaub auf das große weiße Ei da unten.

– Warum liegt das da unten?

– Da mußt du sie schon selber fragen.

– Ist sie denn hier?

– Ich will damit nur sagen, deine Vermutung kann ebenso richtig oder falsch sein wie meine.

– Und was liegt da vor den Spiegeln auf dem Boden?

– Das ist ein Gefäß mit Quecksilber. Kennst du Quecksilber? Das, was in jedem Thermometer ist.

– Warum?

– Das weiß ich auch nicht. Vielleicht bringt das für sie den Unterschied zu den pickenden Schnäbeln und der Reflexionskraft der Spiegel zum Ausdruck. Es ist sehr reglos und undurchsichtig.

– Picken die Schnäbel die ganze Zeit auf die Spiegel?

– Ja.

– Warum gehen die dann nicht kaputt?

– Ich glaube, daß die gar nicht richtig in Berührung kommen.

– Machen die das auch die ganze Nacht?

– Das weiß ich nicht. Wahrscheinlich stellen sie nachts den Strom ab. Gefällt dir das?

– Ich finde das unheimlich.

– Ist es auch.

– Mir gefällt das nicht.

– So ist das mit der Kunst. Manchmal gefällt einem etwas, was einem gleichzeitig nicht gefällt. Manchmal ist einem etwas unheimlich, aber man merkt, daß einem lieber unheimlich ist, als daß man gar nichts spürt.

– Gibt's jetzt Kakao?

– Ja. Bist du enttäuscht?

– Nein. Ich bin froh, daß wir hier sind.

– Ich auch. Und jetzt gibt's Kakao, und wenn wir dann noch Lust haben, sehen wir uns die Turners an.

– Möchtest du den Baum sehen? sagt Nina.

– O ja, bitte! sagt Licia.

– Dann komm mit.

Sie macht in ihrem Zimmer das Fenster auf und geht einen Schritt zurück: – Da!

Licia stellt sich neben sie, und gemeinsam sehen sie nach unten auf den blühenden Goldregen.

– Wie findest du ihn?

– Ganz wunderbar.

– Ich hab dir ja gesagt, daß der Blick von hier am schönsten ist.

– Stimmt.

– Er ist diesmal noch schöner als im letzten Jahr, nicht wahr?

– Viel schöner.

– Die reinste Augenweide, sagt Nina. Die reinste Augenweide. Ich leg mich etwas hin.

Nach einer Weile sagt sie: – Wenn du dich sattgesehen hast, setz dich hier ans Fußende und erzähl mir, was du gerade so machst.

– Jetzt genieße erst mal den Blick, sagt sie, und dann setz dich hin und erzähl mir, was du gerade so machst.

* * *

– Hast du's ihm gesagt?

– Noch nicht, sagt Julie.

– Und weißt du, ob die Kinder bei dir bleiben wollen? fragt ihre Schwester.

– Sie bleiben in keinem Fall bei ihm.

– Das war nicht meine Frage.

– Worauf willst du hinaus? sagt Julie. Willst du mich verunsichern?

– Ich will nur, daß du das realistisch siehst, sagt ihre Schwester.

– Und du meinst, das kannst du besser beurteilen als ich?

– Ich sehe das mit mehr Abstand, sagt ihre Schwester.

– Entschuldige mal, sagt Julie.

– Das mag ja für den Augenblick ganz angenehm sein, sagt ihre Schwester, aber das Leben besteht leider aus jeder Menge von Augenblicken.

– Ich habe mich entschieden, sagt Julie.

– Solange du nicht mit ihm gesprochen hast, ist nichts entschieden, sagt ihre Schwester.

– Ich habe mich entschieden.

– Darum geht es nicht.

– Es ist so leicht für sie, ihn zu mögen, sagt Julie. Er hat sie nicht den ganzen Tag am Hals. Er kommt einfach abends nach Hause und liest ihnen etwas vor, oder er nimmt sie ab und zu mit ins Museum und kommt sich dabei vor wie ein phantastischer Vater.

– Das war nicht meine Frage, sagt ihre Schwester. Ich frage nur, ob sie bei dir bleiben wollen, wenn ihr euch trennt.

– Sie bleiben in keinem Fall bei ihm, sagt Julie.

– Du bist unsachlich, sagt ihre Schwester.

– Und du an meiner Stelle wärst sachlich?

– Ich will dir nur helfen, sagt ihre Schwester.

– Entschuldige mal, sagt Julie.

– Ich will nur nicht, daß du hinterher irgendwas bereust, sagt ihre Schwester.

– Mich reut jede Minute, die ich noch mit ihm zusammen bin, sagt Julie.

– Hast du dir überlegt, was du den Kindern da zumutest?

– Und was ist mit Jetzt? sagt Julie. Wird ihnen da nichts zugemutet?

– Soweit ich das beobachten konnte, haben die gar nicht gemerkt, daß etwas nicht stimmt, sagt ihre Schwester.

– Du kennst dich ja mit Kindern aus.

– Sowas sieht man doch.

– Sie verdrängen sowas. Sie können das noch gar nicht einschätzen.

– Woher willst du das wissen?

– Das weiß ich einfach.

– Reden sie nie mit dir darüber?

– Du weißt doch, wie Kinder sind, sagt Julie. Sie verdrängen sowas. Sie reden nicht darüber. Die lassen das gar nicht an sich heran. Aber das heißt noch lange nicht, daß sie nichts gemerkt haben.

– Das entspricht nicht meiner Erfahrung mit Kindern, sagt ihre Schwester.

– Meiner aber, sagt Julie.

– Ich wollte ja nur helfen, sagt ihre Schwester.

– Ich weiß, sagt Julie. Entschuldige.

* * *

– Ein schönes Zimmer, sagt Simon.

– Das schönste Zimmer im ganzen Haus, sagt Ella.

– Sag ich ja.

– Immer schon, sagt Ella.

– Sag ich ja, wiederholt Simon.

– Aber es ist ihr Zimmer, sagt Ella. Und das wird es immer bleiben.

– Jetzt wirst du aber sentimental, Ella, sagt Simon.

– Ich hab's probiert, sagt Ella. Ich bin raufgegangen und hab mich in den Sessel gesetzt und mir vorzustellen versucht, daß jemand anders drin wohnt. Es geht nicht.

– Natürlich geht das, sagt er. Du würdest dich ganz schnell dran gewöhnen. Das ist wie mit neuen Straßen.

– Es geht nicht.

– Ich könnte Miete sparen, sagt Simon.

– Es geht nicht, wiederholt Ella.

– Und es würde Sam die Mühe sparen, mich jeden Sonntag abzuholen.

– Nein, Simon, sagt Ella. Tut mir leid.

– War ja auch nur so eine Idee, sagt Simon. Mir liegt auch an meiner Unabhängigkeit, so ist das nicht.

– Ich weiß, sagt sie.

– Ich habe nur manchmal Angst, nach allem, was passiert ist. Ich denke immer, ich könnte fallen.

– Das geht vorbei, sagt Ella.

– Dachte ich zuerst auch, sagt Simon, aber es wird eher schlimmer.

– Tut mir leid, sagt Ella.

– Ich hab dich schon verstanden, sagt Simon. Aber es scheint mir doch eine furchtbare Verschwendung zu sein.

– Ich hatte schon Liss den Vorschlag gemacht, oben einzuziehen, sagt Ella. Aber sie kann es genausowenig.

– Will sie denn immer zu Hause wohnen bleiben?

– Sieht ganz so aus.

– War ja auch nur so eine Idee, sagt Simon.

– Wenn sie nach oben ziehen würde, könntest du ihr Zimmer haben.

– So nah möchte ich euch nicht auf die Pelle rükken, sagt Simon.

– Nein, das verstehe ich gut, sagt Ella. Aber ich fand es fair, sie zuerst zu fragen. Aber sie kann es genausowenig.

– Wie du weißt, bedeutet mir meine Unabhängigkeit sehr viel, sagt Simon.

– Ich weiß, sagt Ella.

– Da oben, sagt Simon, kämen wir uns gegenseitig nicht in die Quere. Wir müßten uns nicht mal täglich sehen, wenn wir nicht wollen.

– Tut mir leid, sagt Ella.

– Ich dachte nur, es würde Sam die Mühe sparen, mich jeden Sonntag abzuholen und dann auch noch wieder zurückzubringen.

– Das ist für ihn keine Mühe, sagt Ella. Das macht er gern.

– Ich glaub auch, daß er's gern macht, sagt Simon. Das gibt uns die Gelegenheit zu einem ruhigen Schwätzchen.

– Er weiß sowieso nicht mehr, was er mit seiner Zeit anfangen soll, inzwischen, sagt Ella.

– Außerdem mach ich's ja sowieso nicht mehr lange, sagt Simon.

– Red nicht so, sagt Ella.

– Wir müssen den Tatsachen ins Auge sehen, oder nicht? sagt Simon.

– Ich mag das nicht, wenn du so redest.

– War ja auch nur so eine Idee, sagt Simon. Das hätte nur bedeutet, daß ich meine Unabhängigkeit opfere, weitgehend jedenfalls.

– Ich dachte, deine Unabhängigkeit ist dir teuer, sagt Ella.

– Ist sie auch, sagt Simon. Sag ich ja. Die ist mir teuer. Aber ich hasse Verschwendung. Ich hasse es, mitansehen zu müssen, wie das Geld den Bach runtergeht.

– Das ist keine Verschwendung, sagt Ella. Es ist immer noch ihr Zimmer.

– Also ich an deiner Stelle, sagt Simon, würde mich von diesen Vorstellungen befreien. Es tut dir nicht gut.

– Ich weiß, sagt Ella. Aber ich kann's nicht ändern.
– War ja auch nur so eine Idee, sagt Simon.
– Ich weiß, sagt Ella. Tut mir leid.

– Unser Kindermädchen ging nie ohne eine Rasierklinge und eine Flasche Jod aus dem Haus, sagt Nina. Mami hatte solche Angst, daß wir von einem Skorpion gestochen werden könnten.

– Gibt es in Ägypten viele Skorpione?

– Ja, in der Wüste. Unser Kindermädchen sollte im Falle eines Falles sofort den Stachel rausschneiden und Jod draufschütten.

– Ist das je vorgekommen?

– Gottseidank nicht, sagt Nina. Aber man mußte gewappnet sein. Wenn man dort gestochen wurde, dann hatte man keine Chance mehr, es bis zu einem Arzt zu schaffen.

– Und die hätte das auch gekonnt?

– O ja, sagt Nina. Sie hat es mal gemacht, bevor sie zu uns kam.

– Ist ja furchtbar, sagt Licia.

– So haben wir das gar nicht gesehen, sagt Nina. Wir fühlten uns bei ihr vollkommen sicher.

– Und hat das Kind überlebt?

– O ja, sagt Nina. Unser Kindermädchen kannte sich aus.

– Hast du schon mal einen Skorpion gesehen? fragt Licia.

– Nicht in der Wüste, sagt Nina. Wir haben mal einen Mann getroffen, der Skorpione hatte. Der führte die vor.

– Hatte der keine Angst, gestochen zu werden?

– Das war sehr unheimlich, sagt Nina. Wir standen mitten in der Menge und haben zugeschaut.

– Vielleicht hatte er den Stachel rausgeschnitten.

– Wahrscheinlich, sagt Nina. Aber so weit hatten wir gar nicht gedacht. Wir hatten einfach Angst.

– Das wundert mich nicht, sagt Licia.

* * *

– Wo steckt sie denn? fragt Sam.

– In Ninas Zimmer, sagt seine Frau.

– Hast du mit ihr geredet?

– Was meinst du, mit ihr geredet? sagt Ella.

– Ich habe dich doch gebeten, mit ihr zu reden.

– Ich habe dir doch gesagt, das kann ich nicht.

– Was macht sie denn da?

– Sie sitzt einfach da.

– Sie sitzt einfach da?

– Ja.

– Und will sie so den Rest ihres Lebens verbringen?

– Ich weiß es nicht, sagt sie.

– Genau so wird es kommen, sagt er. Sie wird den Rest ihres Lebens damit verbringen, herumzusitzen. Und du unternimmst nichts dagegen.

– Was soll ich denn machen?

– Und das nach der ganzen Ausbildung, für die wir aufgekommen sind, sagt er. Und alles, was sie macht, ist sitzen.

– Gib ihr eine Chance, sagt sie.

– Eine Chance? sagt er. Was meinst du damit, eine Chance?

Sie schweigt.

– Haben wir ihr nicht jede Chance gegeben? sagt er. Haben wir ihr nicht jede erdenkliche Chance auf der Welt gegeben? Und hat das irgendwas gebracht?

– Bitte, sagt sie.

– Wenn sie wenigstens krank wäre, sagt er. Aber sie ist einfach nur müde. Ich werde müde, wenn ich das Wort müde nur höre, begreifst du das?

– Ja, sagt sie.

– Wie viele Chancen braucht sie denn noch? sagt er.

– Sie muß mit sich ins reine kommen, sagt sie.

– Was? sagt er. Sie muß mit sich ins reine kommen? Wieso?

– Sie will sichergehen, daß sie die richtige Entscheidung trifft.

– Entscheidung? sagt er. Wann hat sie zum letzten Mal irgendeine Entscheidung getroffen? Außerdem redet sie nicht mal mehr mit mir, sagt er.

– Sie hat Angst vor dir.

– Vor mir? sagt er. Du machst wohl Witze.

– Du schreist sie an. Das macht ihr angst.

– *Ich* hab Angst vor *ihr,* sagt er. Immer nur herumsitzen.

– Das wird schon, sagt sie.

– Was wird schon?

– Alles.

– Du glaubst, das wird schon?

– Gib ihr Zeit, sagt sie.

– Wie lange noch?

– Ich weiß nicht, wie lange. Sie muß nur merken, daß wir hinter ihr stehen.

– Warum redet sie denn nicht mehr mit mir? sagt er. Ich bin schließlich ihr Vater.

– Sie hat Angst vor dir, sagt sie. Du schreist sie an, und das macht ihr angst.

– Ich würd's ja verstehen, wenn die Ärzte irgend etwas festgestellt hätten, sagt er.

– Sie ist müde, sagt sie.

– Was hat das damit zu tun? sagt er. Sie sitzt den ganzen Tag nur herum. Wie kann sie da müde sein?

– Ich weiß es nicht, sagt sie.

– Warum interessiert sie sich für gar nichts mehr? sagt er. Sie waren immer an allem interessiert. Alle beide.

– Ich weiß es nicht, sagt sie.

– Juden sind immer an allem interessiert, sagt er. Darum sind sie auch überall erfolgreich. Was soll diese Haltung auf einmal? Sind wir schuld?

– Nein, mein Lieber, sagt sie.

– Dann ist sie selber schuld.

– Warum muß denn immer einer schuld sein?

– Ist dieses Land schuld?

– Warum muß denn immer einer schuld sein?

– Niemand interessiert sich mehr für irgendwas, sagt er. Kein Wunder, daß alle müde sind.

– Wir müssen einfach Geduld haben, sagt sie. Es geht vorbei, wie alles andere auch.

– Geht vorbei? sagt er. Gibt es irgendein Anzeichen dafür? Im Gegenteil. Es wird immer schlimmer. Jetzt redet sie nicht mal mehr mit mir.

Sie schweigt.

– Sie sitzt wirklich einfach herum? sagt er. Und macht rein gar nichts?

– Ich weiß es nicht, sagt sie.

– Du warst doch vorhin oben.

Sie schweigt.

– Sie könnte doch wenigstens antworten, sagt er. Sie könnte doch wenigstens mit mir streiten. Jetzt krieg ich nicht mal mehr eine Antwort.

– Sie hat Angst vor dir, sagt sie.

– Ich will doch nur ihr Bestes.

– Weiß ich, sagt sie.

– Das macht mich wahnsinnig, sagt er.

– Nicht, sagt sie.

– Was nicht?

– Reg dich nicht so auf, sagt sie. Gib ihr Zeit.

– Wie lange denn noch?

– Einfach Zeit. Die gibst du ihr nicht, wenn du dauernd fragst *Wie lange denn noch.*

– Ich hab ihr keine Zeit gegeben? fragt er.

– Nicht wenn du andauernd so auf sie einteufelst.

– Ich und einteufeln? sagt er. Sie redet nicht mehr

mit mir. Wie soll ich auf sie einteufeln, wenn sie nicht mal antwortet?

– Laß sie doch einfach in Ruhe.

– Wie lange denn noch? Wie lange soll ich sie denn noch in Ruhe lassen?

– Laß sie einfach in Ruhe, sagt sie. Fällt dir das so schwer?

– Es fällt mir schwer, ihr beim Nichtstun zuzusehen, sagt er. Und das bei ihren Begabungen und Fähigkeiten. Einfach nichts zu tun.

– Das wird schon, sagt sie. Gib ihr einfach Zeit.

* * *

– »Und der Himmel war pechschwarz, und es donnerte und blitzte, und die See warf Wellen so groß wie Kirchtore, und sie trugen weiße Schaumkronen. Dann schrie er, konnte aber sein eigenes Wort nicht verstehen:

›Manntje, Manntje Timpe Te,
Buttche, Buttche in der See,
meine Frau die Ilsebill
will nicht so, als ich wohl will.‹

›Na, was will sie denn?‹ sagte der Butt.

›Ach‹, sagte er, ›sie will werden wie der liebe Gott.‹

›Geh nach Hause, sie sitzt wieder in ihrem stinkenden Schuppen.‹

Und wenn sie nicht gestorben sind, dann sind sie da noch heute.«

– Halt mal zwei Finger hoch, so, sagt Simon.

– So?

– Jetzt wickel ich einen Faden um diesen Finger, sagt Simon, und dann um diesen Finger, und jetzt paß auf, ich mach jetzt so und halte den Faden hier und da fest, und dann setze ich meine Fingerspitzen auf deine. Verstanden?

– Verstanden, sagt Becky.

– Unsere Finger müssen ganz fest zusammensein.

– Okay.

– Jetzt paß auf. Abrakadabra, und weg ist der Faden.

– Noch mal, sagt Becky.

– Na gut. Halt zwei Finger hoch, so. Diesmal mach ich's ganz langsam. Zuerst wickel ich den Faden um den Finger und dann um den. Verstanden?

– Verstanden.

– Da hab ich mir gedacht, ich nehm die doppelte Menge Dünger, sagt Sam, und doppelt soviel Wasser. Davor haben alle gewarnt, aber der Erfolg gibt mir recht, oder etwa nicht?

– So viele habe ich noch nie gesehen, sagt Julie.

– Süß, sagt Sam. So süß, daß du meinst, du beißt in einen Pfirsich und nicht in eine gewöhnliche Tomate. Wie viele willst du?

– So viele du entbehren kannst, sagt Julie.

– Wir haben reichlich, siehst du doch, sagt Sam.

– Sie redet nicht mehr mit ihm, sagt Ella.

– Wie meinst du das? sagt Freddy.

– Sie gibt sich nicht mal mehr Mühe, ihm zu antworten.

– Und er?

– Es macht ihn wahnsinnig.

– Er sieht nicht wahnsinniger aus als sonst.

– Du weißt genau, was ich meine, sagt sie.

– Es wundert mich nicht, sagt Freddy. Nachdem er derart auf sie eingeteufelt hat.

– Willst du nicht mal mit ihr reden? sagt seine Mutter.

– Mit ihr reden?

– Von dir läßt sie sich was sagen. Du bist der einzige, von dem sie sich was sagen läßt.

– Was soll ich ihr denn sagen?

– Du weißt genau, was ich meine.

– Da ist ein Mann an der Tür, sagt Joe.

– Ein Mann? Was will er denn?

– Weiß nicht.

– Hast du ihn nicht gefragt?

– Weiß nicht.

– Ich geh schon, sagt Ella.

– Jetzt bist du dran, sagt Simon.

– Ich kann das nicht, sagt Becky.

– Na komm. Ich zeig's dir. Ich halte meine Hand hoch, so. Ja? Jetzt wickelst du den Faden erst um den einen Finger und dann um den anderen. Verstanden?

– Und dann?

– Und dann hältst du ihn fest, so. Halt fest. Es ist ein bißchen schwierig, wenn man's selber macht. Halt fest. Nein. Einen zurück. Du wickelst ihn um die beiden Finger, und dann nimmst du ihn so, ganz vorsichtig, und dann so. Jetzt wartest du kurz und paßt auf, daß die Fingerspitzen ganz fest zusammen sind, und dann, Abrakadabra, weg ist er!

– Laß mich noch mal probieren.

Ella kommt zurück. – Er fragt nach Liss, sagt sie.

– Wer ist da?

– Keine Ahnung.

– Was will er?

– Er sagt, er ist gerade in der Nähe gewesen und wollte kurz vorbeischauen.

– Und du hast keine Ahnung, wer das ist?

– Geh du mal nachsehen, sagt sie.

Freddy geht zur Haustür.

– Ich möchte nicht weiter stören, sagt der Mann. Ich war gerade in der Nähe und dachte, ich schau mal, wie's ihr geht.

– Wer sind Sie?

– Ein Freund.

– Ach ja?

– Wir sind uns im Park begegnet.

– Es geht ihr gut, sagt Freddy.

– Ist sie da?

– Ich seh mal nach. Kommen Sie doch bitte herein.

– Ich warte hier, sagt der Mann. Ich möchte wirklich nicht stören.

– Sie stören nicht, sagt Freddy. Kommen Sie doch bitte herein.

– Ich habe sie lange nicht gesehen, sagt der Mann und tritt ein. Ich hoffe doch, es ist nichts passiert.

– Ich seh mal nach, sagt Freddy.

Er geht zurück ins Wohnzimmer. – Wo ist sie? fragt er seine Mutter.

– Wer ist das?

– Ein Mann, den sie im Park kennengelernt hat.

– Von dem hat sie noch nie etwas erzählt.

– Wo ist sie?

– In ihrem Zimmer. Oder in Ninas.

– Ninas?

– In der letzten Zeit sitzt sie da ganz oft.

Er geht die Treppen hoch. Er ruft ihren Namen. Auf dem Treppenabsatz wendet er sich nach links. Er klopft an ihre Tür, aber sie antwortet nicht. Er öffnet die Tür und blickt in das leere Zimmer.

Er schließt die Tür und geht zur Treppe zurück. Er geht in den zweiten Stock. Die Tür ist offen. Er geht hinein.

– Da unten ist jemand für dich, sagt er.

– Ja?

– Er sagt, ich hättet euch im Park kennengelernt.

– Was will er denn?

– Er möchte dich sprechen.

– Ich kenne ihn nicht.

– Du kennst ihn nicht? Aber woher weiß er dann, wie du heißt? Wo du wohnst?

– Wie sieht er aus?

– Groß. Mit einem Anorak.

– Ich kenne ihn nicht.

– Du kennst überhaupt keinen großen Mann mit einem Anorak?

– Nein.

– Er möchte dich sprechen.

– Ich kenne ihn nicht, sagt sie. Sag ihm, er soll gehen.

– Kommst du nicht zum Essen runter?

– Ist es schon fertig?

– Nein. Ich dachte nur.

– Ich weiß nicht, wie spät es ist.

– Hast du keine Uhr?

– Die geht nicht mehr.

– Willst du wirklich nicht mit dem Mann da sprechen?

– Was will er denn?

– Hat er nicht gesagt. Er hat gesagt, er war gerade in der Nähe, und weil er dich so lange nicht gesehen hat, wollte er kurz wissen, wie es dir geht.

– Sag ihm, ich wohne nicht mehr hier.

– Das kann ich nicht machen.

– Sag ihm, du weißt nicht, wo ich bin.

– Na gut, sagt er. Wenn du unbedingt willst.

Er geht wieder nach unten. – Ich kann sie nirgends finden, sagt er zu dem Mann. Tut mir leid. Ist es dringend?

– Nein nein, sagt der Mann. Ich war einfach in der Nähe und dachte, ich schau mal vorbei.

– Darf ich etwas ausrichten?

– Sagen Sie ihr einfach, daß ich hier war.

– Und welchen Namen soll ich ihr sagen?

– Ist nicht so wichtig, sagt der Mann. Es tut mir leid, wenn ich gestört habe.

– Also was soll ich sagen?

– Ist nicht so wichtig.

– Wie Sie wollen, sagt Freddy.

Der Mann geht weg. Freddy schließt die Haustür hinter ihm. Er geht in die Küche. Seine Mutter sitzt am Tisch und weint. Er nimmt sie in die Arme.

– Entschuldige, sagt sie. Bitte entschuldige.

– Ist schon gut.

– Manchmal wird mir alles ein bißchen viel, sagt sie. Geht gleich wieder.

Sein Sohn zerrt an seiner Hose: – Krieg ich ein Stück Schokolade, Dad?

– Nicht vor dem Essen.

– Ich hab Hunger.

– Bald gibt's Essen.

– Warum weint Oma?

– Sie denkt an Nina.

– Auch nicht ein ganz kleines Stück?

– Nein. Laß uns einen Moment allein, sei so lieb.

– Wann gibt's was zu essen?

– Wenn es fertig ist. Und jetzt lauf.

– Ich pflück sie dir nach dem Essen, sagt Sam.

– Vergißt du's auch nicht?

– Hab ich jemals was vergessen?

– Nein, sagt Julie.

– Du wirst sehen, sagt er. Süßer als Pfirsiche.

– Versuch's noch mal, sagt Simon.

– Nein, sagt Becky. Ich bin müde.

– Soll ich dir noch einen anderen zeigen?

– Nein. Wann gibt's denn was zu essen?

– Jeden Augenblick.

– Ich hab Hunger.

– Ich auch. Hör mal meinen Bauch. Hörst du, wie's da grummelt?

– Ich kuck mal, ob ich Oma helfen kann, sagt Becky.

– Hör zu, sagt Simon und hebt seine Hand. Hörst du, wie's da grummelt?